卑弥呼

倭の国から日本へ 6

阿上万寿子
Masuko Agami

文芸社

第一代〜十代天皇

第一代　神《かむ》日本《やまと》磐余《いわれ》彦《びこ》天皇《のすめらみこと》（神武《じんむ》天皇）

第二代　神渟名川耳《かむぬなかわみみ》天皇《のすめらみこと》（綏靖《すいぜい》天皇）

第三代　磯城津彦玉手看《しきつひこたまてみ》天皇《のすめらみこと》（安寧《あんねい》天皇）

第四代　大日本《おおやまと》彦耜友《ひこすきとも》天皇《のすめらみこと》（懿徳《いとく》天皇）

第五代　観松彦香殖稲《みまつひこかえしね》天皇《のすめらみこと》（孝昭《こうしょう》天皇）

第六代　日本足彦国押人《やまとたらしひこくにおしひと》天皇《のすめらみこと》（孝安《こうあん》天皇）

第七代　大日本根子彦太瓊《おおやまとねこひこふとに》天皇《のすめらみこと》（孝霊《こうれい》天皇）

第八代　大日本根子彦国牽《おおやまとねこひこくにくる》天皇《のすめらみこと》（孝元《こうげん》天皇）

第九代　稚日本根子彦大日日《わかやまとねこひこおおひひ》天皇《のすめらみこと》（開化《かいか》天皇）

第十代　御間城入彦五十瓊殖《みまきいりびこいにえ》天皇《のすめらみこと》（崇神《すじん》天皇）

表記は、『日本書紀』による。（　）内は、淡海三船《おうみのみふね》選定とされる漢風諡号《しごう》。

目次

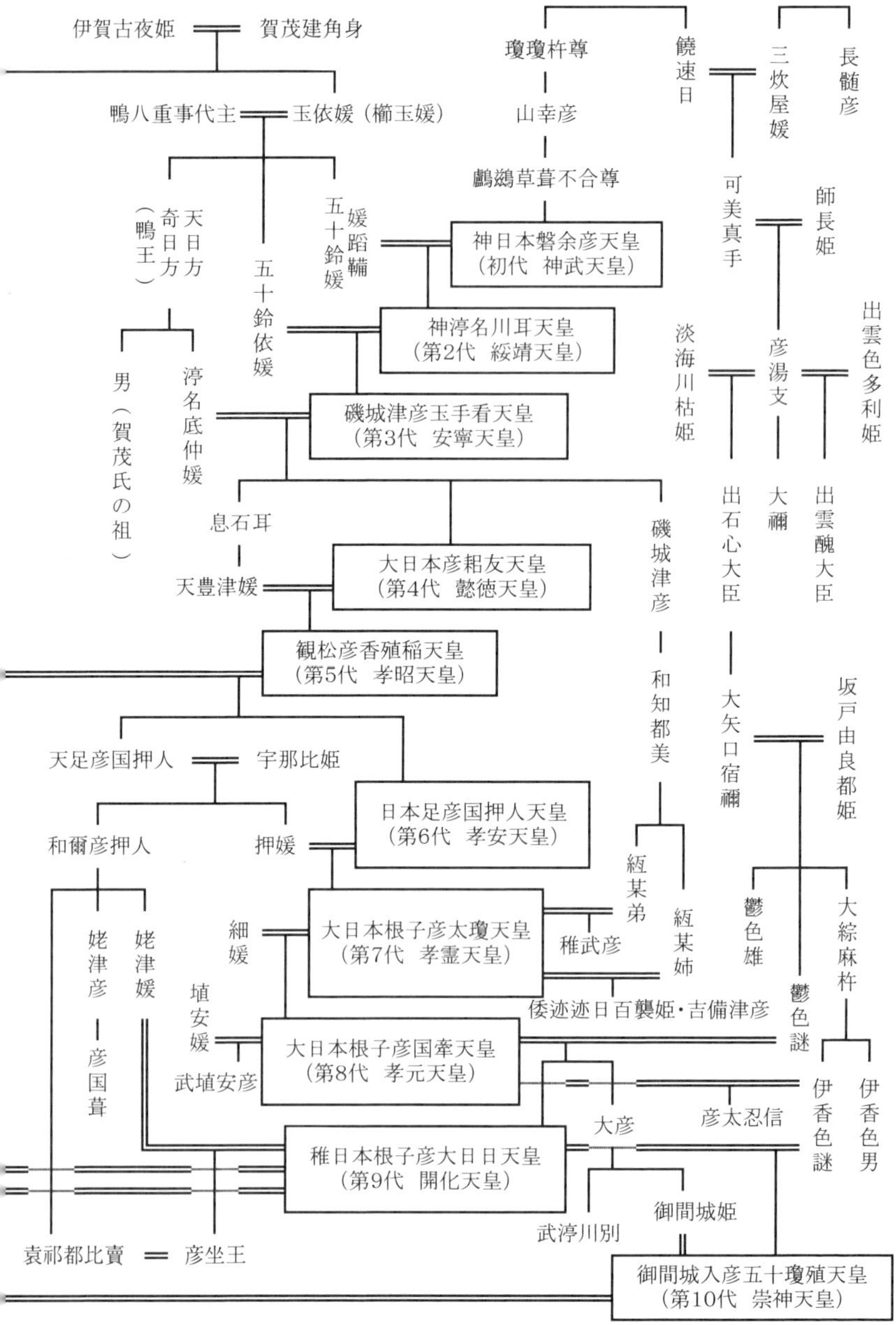
伊賀古夜姫
賀茂建角身
鴨八重事代主
玉依媛（櫛玉媛）
天日方奇日方（鴨王）
五十鈴依媛
媛蹈韛五十鈴媛
男（賀茂氏の祖）
渟名底仲媛
瓊瓊杵尊
山幸彦
鸕鷀草葺不合尊
饒速日
三炊屋媛
長髄彦
可美真手
師長姫
神日本磐余彦天皇
（初代 神武天皇）
神渟名川耳天皇
（第2代 綏靖天皇）
磯城津彦玉手看天皇
（第3代 安寧天皇）
淡海川枯姫
彦湯支
出雲色多利姫
息石耳
天豊津媛
大日本彦耜友天皇
（第4代 懿徳天皇）
磯城津彦
出石心大臣
大禰
出雲醜大臣
観松彦香殖稲天皇
（第5代 孝昭天皇）
和知都美
大矢口宿禰
坂戸由良都姫
天足彦国押人
宇那比姫
日本足彦国押人天皇
（第6代 孝安天皇）
和爾彦押人
押媛
絙某弟
絙某姉
欝色雄
大綜麻杵
姥津彦
姥津媛
細媛
大日本根子彦太瓊天皇
（第7代 孝霊天皇）
稚武彦
倭迹迹日百襲姫・吉備津彦
欝色謎
彦国葺
埴安媛
武埴安彦
大日本根子彦国牽天皇
（第8代 孝元天皇）
伊香色謎
伊香色男
彦太忍信
大彦
稚日本根子彦大日日天皇
（第9代 開化天皇）
武渟川別
御間城姫
袁祁都比賣
彦坐王
御間城入彦五十瓊殖天皇
（第10代 崇神天皇）

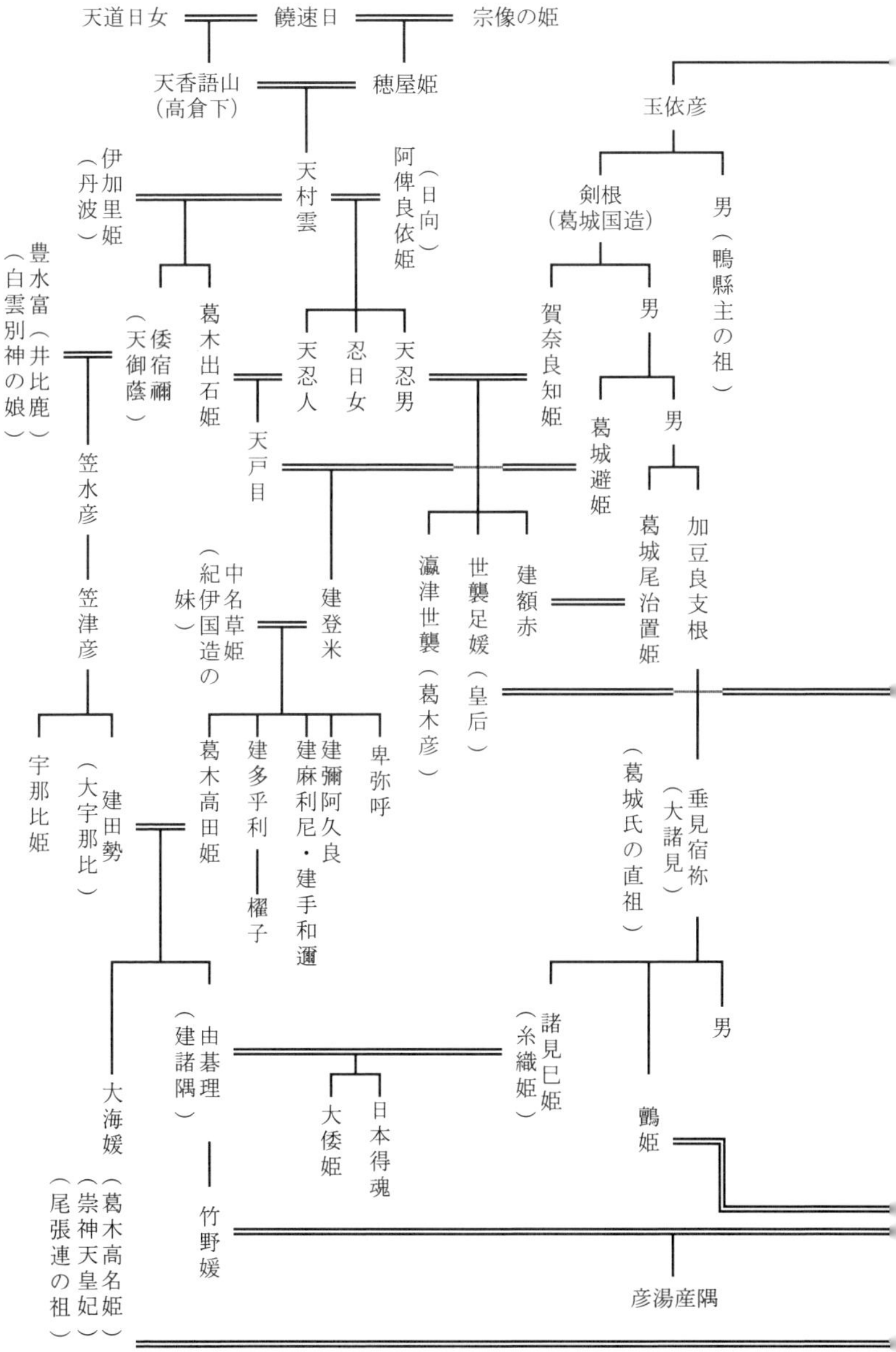
天道日女
饒速日
宗像の姫
天香語山（高倉下）
穂屋姫
玉依彦
伊加里姫（丹波）
天村雲
阿俾良依姫（日向）
剣根（葛城国造）
男（鴨縣主の祖）
豊水富（井比鹿）（白雲別神の娘）
倭宿禰（天御蔭）
葛木出石姫
天忍人
忍日女
天忍男
賀奈良知姫
男
男
葛城避姫
笠水彦
天戸目
葛城尾治置姫
加豆良支根
笠津彦
中名草姫（紀伊国造の妹）
建登米
瀛津世襲（葛木彦）
世襲足媛（皇后）
建額赤
宇那比姫
建田勢（大宇那比）
葛木高田姫
建多乎利
櫂子
建麻利尼・建手和邇
建彌阿久良
卑弥呼
垂見宿祢（大諸見）（葛城氏の直祖）
由碁理（建諸隅）
大倭姫
日本得魂
諸見巳姫（糸織姫）
鸛姫
男
大海媛（葛木高名姫）（崇神天皇妃）（尾張連の祖）
竹野媛
彦湯産隅

巫鳥、これをば「しとと」という。

『日本書紀』

一　権力の行方

高天原《たかまがはら》に所生《あ》れます神の名を、天御中主尊《あまのみなかぬしのみこと》と曰《もう》す。
次に高皇産霊尊《たかみむすひのみこと》、次に神皇産霊尊《かみむすひのみこと》。

『日本書紀』

後に京都と呼ばれる地に、「鴨《かも》」を名乗る男がいた。神魂《かもす》こと神皇産霊《かみむすひ》の末裔であり、饒速日《にぎはやひ》の降臨《こうりん》に同行した天神魂《あまのかんたま》の孫。水利を支配し、交易を行い、三島溝橛耳《みしまのみぞくいみみ》とも呼ばれた男。後に賀茂御祖《かもみおや》神社で祀られる、賀茂《かも》建角身《たけつぬみ》である。

彼の娘は、櫛玉《くしたま》媛こと玉依《たまより》媛。彼女は、大物主《おおものぬし》神の導きにより、出雲《いずも》の後継者と目《もく》されていた八重事代主《やえことしろぬし》と結ばれる。二人の子供達は、鴨王《かものきみ》、媛蹈鞴《ひめたたら》五十《い》鈴媛《すずひめ》、五十《い》鈴《すず》依媛《よりひめ》。

そして、賀茂建角身《かもたけつぬみ》の息子は、玉依《たまより》彦という。玉依彦の長男は、葛野鴨縣主《かどののかものあがたぬし》の地位を継ぎ、次男の剣根は、初代葛城国造となる。


西暦七十九年、己卯の年、十一月。

磯城の宮殿は、鴨王と剣根の兵士達により厳重に守られている。彼等が守っているのは、亡くなった神日本磐余彦天皇の皇后、媛蹈鞴五十鈴媛と、彼女が産んだ二人の皇子達。神八井耳の顔は青ざめ、弟の神渟名川耳の頬は紅潮している。

「なんという無謀なことを！」

叱責する鴨王は、皇后の兄。磐余彦天皇の重臣でもある。

「お兄様、私が頼んだのです。手研耳を殺して、と」

神渟名川耳が、母を庇う。

「伯父上、手研耳は、自ら天皇になると言った。母上を汚し、叔母上まで狙っていた。絶対に許せません！」

「だから、こんな無茶をしたのか！」

十代の神渟名川耳は、恐れを知らない。顔を真っ赤にして言い返す。

「人の口に戸は立てられない。誰かに話せば、必ず漏れる。だから、兄上と二人だけでやったのです！」

「お前の兄は皇太子《ひつぎのみこ》だ。何かあったら、どうするのだ！」

すると、神八井耳が、おずおずと口を挟んだ。

「皇太子の位は、先程弟に譲りました」

彼は続ける。

「私は、手研耳殿を射ることができなかった。恐ろしくて、身体が動かなかった。天皇には、勇敢な弟がなるべきです。私は、神祇を司ります」

声は震えているが、その表情は毅然としている。弟の神渟名川耳の顔にも、大人の覚悟が現れていた。

「鴨王殿、もう責めるな。我々が考えるべきは、これからのことだ」

剣根の言葉に、鴨王も頷いた。

「お前達のことは、我等が必ず守り抜く」

翌八十年、庚辰の年、正月。神渟名川耳天皇（綏靖天皇）が即位した。第二代天皇の誕生である。

可美真手の一族は、事の推移を注視している。

かつて、この地を支配していた大将軍、長髄彦。可美真手の母親は、その長髄彦の妹、三炊屋媛。父親は、瓊瓊杵尊の兄である饒速日だ。長髄彦を成敗した磐余彦天皇は、可美真手を許し、鴨王と並ぶ重臣にした。

息子の彦湯支が言う。

「父上、手研耳を殺したのは、神渟名川耳だったたそうです」

「そうか」

神八井耳は温厚だが、神渟名川耳は幼い頃から勇ましい。殺された手研耳は、母親が異なるとはいえ、二人の兄。亡くなった磐余彦天皇の長子だ。後に九州と呼ばれる筑紫の地から共に東征を果たした男達は、彼の死を受け入れられるのか。

可美真手は、問うてみる。

「筑紫から来た男達は、納得しているのか？」

「兵を挙げる動きは、今のところありません。皇子達には、鴨王と剣根の軍がついている。それに、手研耳を失っては、大義名分がありません」

「挙兵したところで、逆賊として成敗されるだけということか」

長髄彦が討たれたときと同じだ。彼等は、さぞかし無念であろう。

彦湯支は、言った。

「父上、皇后達の不安は消えていません。例の提案をしましょう。我々が、他に替えられない存在であると、皇后達に知らしめるのです」

「そうだな」

可美真手が頷く。

「宮殿へ行く。支度せよ」

可美真手の姿を見るなり、媛蹈鞴五十鈴媛《ひめたたらいすずひめ》は駆け寄って、彼の老いた手をとった。

「可美真手殿、お待ちしていました」

部屋には、皇后の他、二人の皇子、鴨王、剣根がいる。

皇后は、言う。

「手研耳《たぎしみみ》を殺され、筑紫に縁がある男達は怒っています。この子達を守るには、一体、どうしたらよいのか」

可美真手《うましまで》は、ゆっくりと口を開いた。

「皇后様、ご心配には及びません。我等にお任せください」

鴨王《かものきみ》が問う。

「どうするのだ」

「結界《けっかい》を作るのです」

「結界？」

「皇后様の御父上は、八重事代主《やえことしろぬし》様。そして、我等は、出雲祭祀王《いずもさいしおう》の末裔。この磯城《しき》の地に結界を作り、神の力で守っていただきましょう」

同席している剣根《つるぎね》は、除《の》け者にされたようで、何やら気分が悪い。彼は、皇后や鴨王と同じく、賀茂建角身《かもたけつぬみ》の孫だが、八重事代主の血は受けていない。

その提案は、『出雲国 造 神賀詞《いずものくにのみやつこのかむよごと》』に残っている。

大国主《おおくにぬし》は、自らの和魂《にぎみたま》を八咫鏡《やたのかがみ》に移し、大物主《おおものぬし》の神として三輪山に鎮座させる。そして、味鉏高彦根《あぢすきたかひこね》の魂を葛木の鴨《かも》の社《やしろ》に、事代主《ことしろぬし》の魂を宇奈提《うなで》に、賀夜奈流美《かやなるみ》の魂を飛鳥《あすか》の社に鎮座させ、皇孫《すめみま》の近き守り神とし、自らは、出雲の杵築《きつき》の宮《みや》に鎮座された。

味鉏高彦根も、八重事代主も賀夜奈流美こと高照《たかてる》姫も、大国主と宗像《むなかた》の姫君との間に生まれた子供達。出雲との縁も深い。

味鉏高彦根の「味」は、味鴨。雄の顔には鮮やかな巴《ともえ》模様があり、巴鴨ともいう。

彼は、迦毛大御神《かものおおみかみ》とも呼ばれ、高鴨《たかがも》神社に祀られる。

八重事代主《やえことしろぬし》にも、鴨《かも》がつく。彼が鎮まった宇奈提は、後の橿原市雲梯《うなて》町、鴨八重事代主神を祀る河俣《かわまた》神社の辺り。

そして、磯城《しき》は、鴫《しぎ》でもある。田植えの頃に水田に舞い降り、稲刈りの頃に去って行く鳥。田と鳥を合わせた文字で表される鳥。加羅の言葉では、「トヨセ」。「セ」は鳥のこと。鳴は、稲霊《いなだま》を運ぶ鳥。

磯城《しき》の都は、神々の結界により守られる。

息子の彦湯支《ひこゆき》が説明を終えると、可美真手《うましまで》は恭《うやうや》しく頭を下げた。

「皇后様、ご安心ください。この結界の中にいる限り、筑紫から来た者達には負けません。大国主様が必ず守ってくださいます。我等も毎日、御魂鎮《みたましず》めの御祈祷《ごきとう》をいたしましょう」

「有難い。さすがは可美真手殿だ」

皇后達の顔には安堵の色が浮かんでいる。

その円満な空気を破ったのは、剣根《つるぎね》だ。提案に反対する気はないが、どうしても納得できないことがある。

「しかし、何故、葛城《かづらき》にまで？　味鉏高彦根殿の魂を呼ばずとも、葛城は、国造《くにのみやつこ》を務める我等が守っている」

可美真手は、丁重に答えた。

「剣根殿、結界は四方を守るもの。特に他意はありませぬ」

「しかし……」

言いかけた言葉を、彦湯支《ひこゆき》が遮る。

「では剣根《つるぎね》殿、天村雲《あめのむらくも》が丹波《たにわ》にいるのをご存知か」

「え？」

天村雲は日向にいるのでは？　驚く剣根に、彦湯支は続ける。

「皇后様や皇子様方を守るおつもりならば、葛城国造として、他になすべきことがあるのではありませんか。天村雲も、宗像の姫君の血を引いている。結界では防げないかもしれません」

皇后の顔が、一気に曇る。

剣根が国造を務める葛城は、磯城《しき》の西隣。河内湾から東に山を越えたこの地城は、神日本磐余彦天皇《かむやまといわれびこ》が東征してくるまでは「高尾張《たかおわり》」と呼ばれ、海人《あま》族が多く住む場所だった。磐余彦天皇に逆らった者達は成敗され、土地の名も葛城と替えられたが、今もなお、多くの海人族が暮らしている。宗像の女神を信仰する者達も多い。

「天村雲を支持する者達は、葛城にも多く残っている。剣根殿がなすべきは、彼等への対処ではありませんか」

彦湯支《ひこゆき》の糾弾を受ける剣根《つるぎね》に、皆の視線が集まる。その視線は、彼に回答を迫っている。

剣根は、口を開いた。

「……わかりました。天村雲《あめのむらくも》には、私が会って確かめましょう」

「大丈夫ですか」

大げさに気遣うような彦湯支の口調に、剣根は微かにイラつく。だが、皇后も鴨王《かものきみ》も、従兄弟の自分より、可美真手《うましまで》や彦湯支の側に立っているように見える。

「奴とは、昔からの知り合い。ともに磐余彦《いわれびこ》天皇様のために尽くした仲。真意を尋ねてみましょう」

明るく言ったつもりだが、誰も何も言わない。この居心地の悪さは何なのだ。

宮殿を出た剣根は、数名の供を連れ、丹波《たにわ》へと向かう。

宗像《むなかた》の女神を信仰する海人《あま》族は、宗像の姫を妻に持った饒速日《にぎはやひ》や、その子高倉下《たかくらじ》、孫の天村雲《あめのむらくも》をも大切にした。船を繰り、海を自在に行き来し、筑紫や加羅、漢の情報まで得ている彼等。その実力は、剣根《つるぎね》も尊重している。

天村雲が丹波に来ているならば、葛城の海人族も知っているはず。なぜ、国造である剣根に報告しない。それとも、彼等が天村雲を呼んだのだろうか。


丹波。

剣根が懸念した通り、この度、天村雲親子を丹波へと導いたのは、海人族だった。天村雲の新しい妻は、伊加里《いかり》姫。朱《しゅ》を採取する一族の姫君。前の妻、阿俾良依《あひらより》姫は、筑紫の日向に置いてきた。殺された手研耳《たぎしみみ》と縁続きである彼女は、残された母親吾平《あひら》津《つ》媛の傍で生きる道を選んだ。

「久しぶりだな」

剣根の言葉に、天村雲はただ頷く。

皇后の従兄弟、剣根。本来は海の男達のものであった国を与えられた男。そんな男が、何の用で来たのか。

警戒感を漂わせる天村雲《あめのむらくも》に、剣根《つるぎね》の口も重くなる。

「……手研耳《たぎしみみ》が死んだのは、気の毒だった」

天村雲は、何も言わない。剣根は次の言葉を探す。

「お前達は仲が良かった」

そうだ。手研耳も天村雲も剣根も、かつては生死を共にした仲間だった。

天村雲は、ようやく口を開いた。

「我等の先祖は、天神の意思を実現するために高天原《たかまがはら》を出て、海を渡り、この地に辿り着いた。饒速日《にぎはやひ》殿は兄でありながら、瓊瓊杵《ににぎ》殿の末裔のために力を注がれた。真の天神族の国を築くためだ」

ここで彼は、ため息をつく。

「なのに今、都は、出雲の流れを汲む者達に牛耳《ぎゅうじ》られている。確かに神皇産霊《かみむすひ》様は、高皇産霊《たかみむすひ》様に継ぐ由緒正しい神。皇后も鴨王《かものきみ》も、剣根殿も神魂《かもす》一族の出。しかし、それでは、天神を祀るのは誰なのだ。高天原で天君《てんくん》を務め、倭人達を率いてきた我等の祖先の魂は、どうなるのだ」

天村雲の言葉は、何故か剣根の心に響いた。

彼の祖父、賀茂建角身《かもたけつぬみ》も、本来は広い世界を行き来し、交易を行い、新しい文化を取り入れていたのだ。天皇家を磯城の結界の中に閉じこめようとする可美真手《うましまで》達の方針には、むしろ違和感を覚えた。

「天村雲殿、我等は、新しい天皇を守らなければならない。それだけなのだ。どうすれば信用してもらえるだろう」

剣根の問いは、問いで返された。

「何故そのようなことを言う。そもそも、ここへ何をしに来た」

剣根は、はたと我に返る。そうだ、私は何をしに来たのだろう。天村雲が神渟名川耳達を攻撃するなどと、何故考えたりしたのか。彼が天皇家に逆らったことなど、一度もなかったではないか。

その時、二人の若者が帰ってきた。端正な顔立ちをした、凜々しく実直な印象の若者達だ。剣根の姿に気づき、礼儀正しく頭を下げる。

「貴殿の子供達か」

「そうだ。日向で生まれた、天忍人《あめのおしひと》と天忍男《あまのおしお》だ」

不意に剣根《つるぎね》は両手を叩いた。良いことを思いついた。

「私の娘とそなたの息子を結婚させないか？　新しい関係を結びなおそう。どうだ」

天村雲は、何も言わない。剣根は、続ける。

「そして、お前と伊加里《いかり》姫殿の間に姫君が生まれたら、『葛木』の名を贈呈しよう。

葛城は元々、そなた達の土地だったのだから」

矢継ぎ早の提案に、天村雲は思わず噴き出した。

「剣根殿、突然何を言い出す。私が本気にしたら、どうするのだ」

そして、穏やかな表情で言った。

「天皇の座は、我等の祖先が苦労を重ね、ようやく手に入れたものだ。私とて、手研《たぎし》
耳《みみ》が殺されたからと言って、天皇家を倒そうなどとは思っていない」

帰っていく剣根の姿が見えなくなると、天村雲は、屋敷の奥にある部屋へ入った。その部屋には祭壇が設けられ、祭壇には、白い布で覆われた木箱がある。神に祈りを捧げ、祭壇から木箱を下ろし、その蓋を開ける。

二枚の美しい鏡。息津鏡《おきつかがみ》と辺津鏡《へつかがみ》。祖父である饒速日《にぎはやひ》が高天原《たかまがはら》を離れるとき、天照大神《あまてらすおおみかみ》に授けられたもの。我が一族が天神族の末裔であることの証。

この鏡を祀るのに、朱の産地ほどふさわしい場所はない。

二　結界の内外《うちそと》

手研耳を支持していた男達は、兵を挙げなかった。

第二代天皇となった神渟名川耳天皇は、都を葛城においた。後の奈良県御所《ごせ》市にあたる。母の妹である五十鈴依媛《いすずより》を皇后とし、二人の間に生まれた皇子は、磯城津彦玉手看《しきつひこたまてみ》と名付けられた。磯城津彦、すなわち「磯城《しき》の皇子《おうじ》」。

大神を斎奉《いつきたてまつ》るのは、可美真手《うましまで》の息子である彦湯支《ひこゆき》。神八井耳《かむやいみみ》は、弟が即位して四年目に亡くなった。畝傍《うねび》山の北に葬られた彼は、多臣《おおのおみ》の始祖となっている。

それから二十年ほど経った頃には、筑紫は混乱の最中《さなか》にあった。伊怒《いぬ》姫の五人の息子達も、既にこの世にいない。後に、大国御《おおくにみ》魂神《たまのかみ》、韓神《からのかみ》、曾富理神《そほりのかみ》、白日神《しらひのかみ》、聖神《ひじりのかみ》として祀られる息子達である。求心力を失った倭奴国連合の結束は弱まり、群雄割拠して勢力争いを繰り返すようになっていた。

西暦百七年、倭国王帥升《すいしょう》等が、後漢に朝貢する。皇帝に献上したのは、近隣の戦いに勝利して捕らえた、百六十人の生身の人間であった。

百十三年、癸丑《みずのとうし》の年。

磯城津彦玉手看《しきつひこたまてみ》天皇（第三代　安寧《あんねい》天皇）が、即位した。彼は、都を片塩《かたしお》に遷《うつ》す。片塩は、後の大和高田市。八重事代主が鎮座する宇奈提《うなで》の近く。

皇后は、鴨王《かものきみ》の娘である渟名底仲媛《ぬなそこなかつひめ》。彼女は、三人の皇子を産んだ。長男は、息《おき》石耳《そみみ》。次男は耜友《すきとも》、後の懿徳《いとく》天皇。三男は、磯城津《しきつ》彦。「耜友」も「磯城津彦」も、「磯城の皇子」を表す。

力を握っているのは、彦湯支《ひこゆき》の息子達だ。阿野姫が産んだ大禰《おおね》が大神を斎奉《さいほう》し、出雲色多利《しこたり》姫が産んだ出雲醜《しこ》が重臣を務める。二人の下には、淡海川枯《おうみのかわかれ》姫が産んだ出石《いずし》心《ごころ》も控えている。

磯城の外には興味がない。筑紫や加羅など、遠い世界の話。

百二十一年、加羅の地で、金首露《キムスロ》が生まれた。

かつて、天神族の天君が統治していた、加羅。高天原《たかまがはら》の求心力は失われ、各地の実力者が、それぞれの地元を統治している。「弁辰《べんしん》」と名乗ってもいたが、実態は、小国の集まりである。

金首露の母親は、山神《さんしん》族の巫女王《みこおう》である山神母《さんしんも》。彼が生まれた時には、神のお告げがあったと言っている。加羅の地を再構築する王になる、と。

加羅の話を続ける息石耳《おきそみみ》を、父天皇は遮った。

「息石耳《おきそみみ》よ、加羅のことなど、今は考えるな。我等は、まだ三代目だ。大切なのは、天皇としての地位を固め、次の代へと繋いでいくこと。お前が考えるべきは、四代目としての心構えだ」

母親である鴨王《かものきみ》の娘、渟名底仲媛《ぬなそこなかつひめ》も言う。

「大切なのは、磯城《しき》。加羅など、遠い国。何故、気にするのです」

二人の弟、耜友《すきとも》と磯城津彦《しきつひこ》も口を揃える。

「そうですよ、兄上。我等は、結界《けっかい》に守られている。結界の外など、どうでもよいことです。神の言いつけを守らなければ」

息石耳は、弟達の顔を見る。両親の言葉を素直に受け入れ、間違っている兄を説得しようとしている、耜友と磯城津彦。二人の「磯城の皇子」。

天皇家の皇子として生まれながら、こうして、山に囲まれた盆地の片隅で一生を終えるのか。かつては、加羅や筑紫、葦原中国《あしはらのなかつくに》全体の倭人達をも統治しようとしていた天神族の皇子が。

息石耳は、大きく息を吸い、吐き出した。

「父上、母上、お願いがあります」

「なんだ。言ってみよ」

「天皇になる者は磯城《しき》から出られないのであれば、私は、弟の耜友《すきとも》に皇太子《ひつぎのみこ》の地位を譲ります」

父である天皇は、大いに驚く。

「息石耳《おきそみみ》、何を言うのだ」

「ずっと考えていました。天神に与えられた我々の使命は、本来、そういう小さなことではない。筑紫や加羅も大きく変わろうとしています。このままでは取り残され、我等は時代遅れの小国の領主、いえ祭祀王《さいしおう》になってしまう。私は、外の世界へ出て行きたいのです」

言葉を挟もうとした弟を遮り、息石耳は続ける。

「耜友よ、お前にはまだわからないかもしれぬ。だが、お前が即位するときには、せめて大日本彦《おおやまとひこ》耜友と名乗れ。磯城だけに閉じこもるな」

兄の決意が固いことを感じ取り、耜友も真顔になる。

「兄上を差し置いて、そのようなことは」

「遠慮するのか。では、私の娘、天豊津媛《あまとよつひめ》を皇后にせよ。それならば、遠慮も不要だ」

そして、再び父天皇に頭を下げた。

「父上、どうかお許しください」

少し間があった。磯城津彦玉手看《しきつひこたまてみ》天皇は、息子の真剣な顔を見ながら、答える。

「わかった。もう決めたのだな。息子が三人いてよかった。くれぐれも気を付けて行け」

深々と一礼して出て行こうとする兄に、耜友《すきとも》が声をかける。

「兄上、一緒に行く兵はあるのですか。大神斎奉の大禰《おおね》も、出雲醜《しこ》大臣も、絶対に反対するでしょう。協力してくれる者が見つかりますか」

息石耳《おきそみみ》は、振り返って笑う。

「そうだな」

当てがないわけではない。

天村雲《あめのむらくも》と伊加里《いかり》姫との間には、息子と娘が生まれていた。息子の名は、倭宿禰《やまとのすくね》。息津鏡《おきつかがみ》と辺津鏡《へつかがみ》の神事を引き継ぎ、天御蔭《あまのみかげ》とも呼ばれている。倭宿禰の息子は、笠水彦《うけみずひこ》。受け継がれていく御蔭の神事は、後に「葵の神事」と呼ばれることになる。

天村雲の娘には、剣根《つるぎね》が「葛木」の名を贈り、葛木出石《いずし》姫と名付けられた。彼女は、日向で生まれた異母兄、天忍人《あめのおしひと》と結婚する。二人の間には、天戸目《あまのとめ》という息子が生まれ、その天戸目は、剣根の孫娘である葛城避《さく》姫を娶った。

天忍人《あめのおしひと》の弟、天忍男《あまのおしお》は、剣根の娘である賀奈良知《かならち》姫と結ばれた。この夫婦の間に生まれたのは、二人の息子と一人の娘。瀛津世襲《おきつよそ》、世襲足姫《よそたらしひめ》と建額赤《たけぬかあか》。建額赤には、剣根の曾孫にあたる葛城尾治置姫《おわりのおきひめ》が嫁いだ。

こうして、天村雲と剣根の子孫達は、幾重にも縁を繋ぎ、固く結ばれていった。後に、葛城氏、尾張氏、海部氏等に繋がる両家は、天皇家を尊重しつつ、磯城よりも広い世界、すべての倭人を統括する世界を求め続けていた。

皇太子《ひつぎのみこ》の地位を弟に譲った息石耳《おきそみみ》は、磯城《しき》を離れ、筑紫へと向かっている。彼に従っているのは、天村雲《あめのむらくも》と剣根《つるぎね》に繋がる者達。そして、葛城の海人《あま》族や兵士達だ。潮を読み、船を繰り、筑紫の情勢にも詳しく、隼人《はやと》達にも顔が利く。勇敢な彼等の力なくしては、かつての高天原《たかまがはら》を目指すことはできない。

やがて、磯城津彦玉手看《しきつひこたまてみ》天皇が逝去し、息石耳の弟、大日本彦耜友《おおやまとひこすきとも》天皇（第四代懿徳《いとく》天皇）が即位した。百三十年頃の話だ。

天皇は、都を軽《かる》の地に遷す。天香具山と畝傍《うねび》山、甘樫丘《あまかしのおか》に囲まれた場所。やはり、磯城の結界の中。

皇后になったのは、息石耳の娘、天豊津《あまとよつ》媛。可美真手《うましまで》の孫である出雲醜《いずもしこ》が、異母兄の大禰《おおね》の後を継ぎ、大神を斎奉している。

兄息石耳からは、時々便りが届き、筑紫や加羅の状況を伝える。大日本彦耜友天皇（懿徳天皇）は、皇子には、観松彦香殖稲《みまつひこかえしね》と名付けた。「みま」すなわち「祖国の皇子」と。彼は思っていた。たとえ磯城から出ることが許されなくても、「磯城の皇子」という名の天皇は、自分で終わりにしよう、と。

百三十九年、加羅の金首露が、かつて狗邪《くや》韓国と呼ばれた国を、金官加羅国と宣言した。純粋な倭人の国ではない。倭奴《いぬ》ではない、王族の国だと言わんばかりだ。彼の兄は山神族の娘を娶り、かつての高天原、弁辰《べんしん》彌烏邪馬《みうやま》国、高霊《こりょん》の地で大加羅を名乗る。

三　天足彦国押人《あめたらしひこくにおしひと》

大日本彦耜友《おおやまとひこすきとも》天皇（第四代　懿徳《いとく》天皇）が逝去すると、観松彦香殖稲《みまつひこかえしね》天皇（第五代孝昭《こうしょう》天皇）が即位した。百五十一年頃か。彼は、都を葛城の掖上《わきがみ》におく。掖上は、初代磐余彦《いわれびこ》天皇が国見をした所だ。

観松彦香殖稲天皇（孝昭天皇）は、世襲《よそ》足《たらし》姫を皇后にし、その兄である葛木彦こと瀛津世襲《おきつよそ》を大臣に任命した。この兄妹の父親は、天村雲《あめのむらくも》の息子である天忍男《あまのおしお》。母親は、剣根《つるぎね》の娘、賀奈良知《かならち》姫である。

憤るのは、彦湯支《ひこゆき》の息子、出雲醜《いずもしこ》。

「天村雲《あめのむらくも》の血を引く者を皇后に迎えたばかりか、大臣の座まで渡すとは！」

彼の胸に悔しさが込み上げる。

「天皇様は、尾張や葛城の奴等に影響され、筑紫や加羅まで治めようとされている。瀛津世襲《おきつよそ》達に毒されてしまったのだ！」

そして、大神斎奉の職を命じられたばかりの異母弟、出石心《いずしごころ》に命じる。

「出石心よ、皇太子《ひつぎのみこ》の天足彦《あめたらしひこ》殿に、早く縁談を持って行け！　皇后の座を、葛城の奴等に二度と渡すな！」

天足彦国押人《あめたらしひこくにおしひと》は、成人したばかり。整った顔立ち、すらりと伸びた足、爽やかで伸びやかな印象の若者。裏表のない、まっすぐな気性の持ち主。彼は、観松彦香殖稲《みまつひこかえしね》天皇（第五代　孝昭《こうしょう》天皇）の長男だ。弟は、日本足彦《やまとたらしひこ》国押人という。

今、彼と父天皇の傍に、出石心が控えている。

「天足彦、どうだ。出石心が勧める姫君に会ってみるか」

父の言葉に、天足彦は答える。

「父上、それより私は、この磯城を出て広い世界を見てみたい」

天皇は、言う。

「それは、我等の仕事ではない。我等の仕事は、神を祀り、祈ること。外での仕事は、お前の伯父達に任せよ」

出石心が賛同する。

「若様、瀛津世襲《おきつよそ》殿は、軍船《いくさぶね》も率いる立派な軍人。葛城や筑紫の兵達も従います。外のことは彼等にまかせ、若様は、磯城《しき》にて我等の神のご加護をお受けください」

天足彦は、笑った。

「そのようなことを続けていては、天皇は、磯城の祭祀王になってしまう」

「いけませんか」

「出石心よ、そなた達はよく尽くしてくれる。しかし、我等は、天神族であったのに、今では大物主の神をまつり、出雲の流れを汲む祭祀ばかり行っている」

大神を斎奉する出石心としては、反論しないわけにはいかない。

「若様、この国に古くから存在する出雲の神を祀らずに、天皇家をお守りすることはできません。そのために、両方の血を受け継ぐ我等が、大神様を祀っているのです。磯城の結界も、天皇家を守るためのもの。何故、外へ出ようとなさるのですか」

「お前達の力も認める。だが今、天神を祀っているのは、饒速日《にぎはやひ》殿の末裔である天村雲《あめのむらくも》、倭宿禰《やまとのすくね》に続く笠水彦《うけみずひこ》殿だ。お前達も饒速日殿の末裔であれば、本来は、天神こそ一番に祀るべきなのではないか」

出石心は、突然の反論に驚き、言葉が出ない。

出石心から話を聞いた出雲醜《いずもしこ》は、怒りを爆発させる。二人は母親が違うが、ともに彦湯支《ひこゆき》の子、すなわち可美真手《うましまで》の孫だ。

「我等の祭祀を軽んじるとは！　これまで天皇家を守ってきたのは、我々ではないか！」

出雲醜は、異母弟に詰め寄る。

「それではまた、葛城から皇后を出す気ではないだろうな」

「天足彦殿は、若い。まだ婚姻自体に興味がなさそうだ。それより外へ出たいと言っていた」

「『外へ出たい』は危ないぞ。今の天皇が瀛津世襲《おきつよそ》の妹を皇后にしたのも、外への関心がきっかけだ」

出雲醜は、悔しさで一杯だ。

「瀛津世襲め！　筑紫や加羅も手に入れられるかのような大法螺《おおぼら》を吹きおって！　それで、奴の妹が皇后に収まったのだ」

その興奮は止まらない。

「我等は、この磯城にいるからこそ守られているのだ！　磯城の外から皇后を迎え、結界から外に出て、良いことが一つでもあるものか！　第一、笠水彦《うけみず》が何の関係がある！」

出石心がなだめる。

「兄上、お怒りはごもっともですが、我等も怒っている場合ではありません」

「どういう意味だ！」

出石心の母親川枯姫は三上氏の出。三上氏は、琵琶湖の南東部の三上山を聖なる山とする一族であり、天御蔭の神事を行う笠水彦《うけみず》の一族とも親しい。笠水彦は、天村雲《あめのむらくも》と伊加里《いかり》姫の息子倭宿禰《やまとのすくね》と、白雲別《しらくもわけ》神の娘豊水富《とよみほ》との息子。皇后である世襲足媛《よそたらし》や瀛津世襲《おきつよそ》大臣とも親族にあたる。

出石心が問い返す。

「兄上、彼等が重用されているのは、何故だと思われますか」

「葛城と一緒になった尾張の奴等が、無用なことを吹き込むせいだ！」

「それだけではありません」

出石心は、用心深く言葉を選ぶ。

「彼等は、無用を有用に変える武力を持っている。天皇が彼等を大事にするのは、実際は、そのためです」

思いがけぬ言葉に、出雲醜《しこ》は押し黙る。

「我等は、情報収集の力で負けている。いや、外の情報を得ようともしてこなかった。葛城は、もともと、加羅と縁がある海人《あま》族の国。宗像の一族とも繋がり、交易を行い、新しい知識や情報を常に手に入れている。我等も、大神斎奉の地位に甘んじ神殿に籠って祭祀を行うことで満足していては、時代遅れの堅物《かたぶつ》と見なされ、一族の影響力も衰えていきかねません」

そして、出石心は、兄の目を見据えた。

「兄上、我等も武力を高め、情報網を築きましょう」

出雲醜は、呆気にとられている。

「お前、そのようなことを考えていたのか……」

「我等は、神への供物《くもつ》を作る者。我等こそ、刀や剣の魂を活かす者。武器を揃え、軍隊を持ち、筑紫へも派遣しましょう。船こそ自在には扱えませんが、武器の力では、奴等に劣らないはず。武力がなければ、この世は生き残れない。神殿で祈るだけの軟弱者ではないことを、世間に示しましょう！」

温厚だと思っていた異母弟の強い言葉。出雲醜は、ただただ驚いている。

「兄上、我等の祖父、可美真手殿《うましまでどの》は、この磯城を治める王だったのです。実権は大将軍長髄彦殿《ながすねびこ》にあったとはいえ、天神と出雲祭祀王の血を受け継ぐ可美真手殿《うましまで》あってのこと。我等とて、天皇家に劣っているわけではありません」

「お、お前、何を言う。誰かに聞かれたらどうするのだ」

狼狽する出雲醜《しこ》。

天神族の饒速日《にぎはやひ》と、出雲の祭祀王を務めてきた登美《とみ》族の血を引く長髄彦の妹、三炊屋媛《みかしきやひめ》。その息子である可美真手に繋がる一族は、後に「物部氏《もののべ》」となる。祭祀も行うが、「物」の魂を司る者として、特別な「物」である武器も管理するのだ。

「確かに我等は、祭祀王として祭祀と統治の両方を行っていた。兵力を持つことは、自然なことだ」

「その通りです。我等は、遠慮しすぎていました。長髄彦殿が反逆者として誅殺されたとはいえ、それは、磐余彦様《いわれびこ》が天皇に即位する前のこと。我等は、天神と出雲祭祀王の血を引いている。この事実は変わらない」

秘めていた思いを、出石心は一気に吐き出す。

「我等は、物部。物の魂を動かし、この世を支配する者。兄上、葛城や尾張の者どもに負けてはなりません。筑紫にだって、行けないことはない。海を渡るのは不得手でも、筑紫の宇佐には、私の叔父の拠点もある」

その叔父とは、出石心の母親川枯姫の妹である御食津姫の夫、御食津臣のこと。彼は、天種子《たね》と菟狭津媛の孫であり、川枯姫達の従兄弟でもある。

出雲醜は、弟の目を見返した。

「わかった。我等も兵を組織し、筑紫に拠点を持つことも考えよう。だが、慎重にやれ」

出石心は、熱心に続ける。

「兄上、いつかは、我等の一族からも皇后を出しましょう。そして、我等の姫が産んだ息子が天皇になる」

「そんな日が来るだろうか」

「天村雲の一族が皇后を出したのです。我等が出せないはずはない」

半信半疑ながら、出雲醜も同意する。

「そうだな。そうなるといいな」

数日後、天足彦《あめたらしひこ》に新しい縁談が持ち込まれた。

出石心が縁談を持ち込み、天足彦が断ったこと、そして、彼が笠水彦《うけみず》の名前を出したことは、すでに広まっていた。宮殿を訪れたのは、その笠水彦の息子である笠津彦《うけつ》。娘の宇那比《うなび》姫を連れている。

笠津彦は、丁重に頭を下げる。白装束がよく似合う。

「私の娘、宇那比姫です」

その姫君は、清らかな美しさに満ち、白く優しい花のようだ。傍らに立つ天足彦が息をのんだのがわかり、父天皇は微笑んだ。先ほどまで、まったく気のない様子だったのに。

「これは美しい。天女が舞い降りて来たかと思ったぞ」

「天皇様、私共は、天皇様とこの国の安寧を願い、日々祈りを捧げております。私共の忠誠の証に、私の娘、宇那比姫を天足彦様に献上いたします」

「天足彦よ、どうする？」

天足彦の胸には、喜びが込み上げている。都の気取った姫君達とは違う。父親の後ろで慎ましく目を伏せている、宇那比姫。その優しく気品に満ちた美しさ。

「…お受けします」

その言い方に、父天皇は再び微笑んだ。


話を聞いた出雲醜と出石心の異母兄弟がとんでくる。

「妃をもらわれるのは構わない。しかし、正妃は将来の皇后となる方。笠津彦の娘など、とんでもない！」

天足彦は、言う。

「私は、宇那比姫を正妃にする」

「何を言われます！　世襲《よそ》足《たらし》媛様は、まだ剣根《つるぎね》殿を通して鴨《かも》の血筋を受けている。

だが、宇那比姫様は、違う」

「田舎娘が次の皇后を狙うとは、とんでもない話だ！　天足彦様の正妃には、天皇家の血筋の姫君を選んでいただきます！」

二人が去ると、天皇は言った。

「天足彦よ、彼等の言い分も、おかしなものではない。宇那比姫は、妃の一人として迎えよ」

「父上、宇那比姫の一族は、天神を祀っている。姫も饒速日《にぎはやひ》殿の血を引いている」

必死に訴える息子。このように熱心に何かを願うのは、はじめてのことだ。天皇は、息子をなだめた。

「そのようなことを安易に口にしてはいけない。あの二人が黙ってはいまい。彼等だって饒速日殿の血を引いているのだ。天足彦よ、正妃は我等の身内から選べ」

若い二人、天足彦と宇那比姫は、磯城の近くで暮らし始めた。二人の間には、赤子も生まれた。

宇那比姫は、生まれたばかりの息子を見つめ、愛おしそうに何度も呼ぶ。

「吾子《あご》……」

美しい母子。優しい声。

「この子は、ワニ彦と名付けよう」

夫の言葉に宇那比姫は、愛らしく小首を傾げる。

「姫が、アゴ、アゴと呼ぶからだ」

天足彦は、おかしそうに笑う。

「アゴは、加羅ではワニのことだ。姫がずっとアゴと呼びそうだから、いっそ和爾《わに》彦と名付ける。和爾彦押人だ。和爾は船のことでもあるし、海人族を率いるいい名前だろう」

宇那比姫は、赤子を抱いたまま、にっこり微笑む。

「和爾彦押人。素敵ね」

若い二人は仲睦まじく暮らしていた。やがて、二人目がやどり、生まれたのは、娘。この子は、押媛《おし》と名付けられた。

だが、天女のようと言われた宇那比姫は、産後の肥立ちが悪く、寝たり起きたりを繰り返す。そして、押媛が二歳になる頃に、亡くなってしまった。可愛いさかりの子供達を残して。

天足彦《あめたらし》の嘆きは深い。周囲の者達も見ていられない。

「天足彦、宇那比姫は亡くなった。辛いだろうが、お前は皇太子《ひつぎのみこ》だ。宇那比姫の血筋の和爾《わに》彦では、天皇にはなれまい。皇后にふさわしい正妃を娶るがよい」

天足彦は、父親の顔を見る。その両目からは、涙が溢れている。

「できません」

「だが、私が死ねば、次の天皇はお前だ」

天足彦は、繰り返した。

「私には、できません」

そして、三輪山に近い十市県《とおちのあがた》の屋敷で、二人の子供を育てながら、天足彦は生きていく。新しい正妃は娶らぬまま。

数年後、丹波《たにわ》。

丹波は、海の幸、山の幸に恵まれている。大型の船も着ける天然の良港があり、山からは、朱も採れる。なだらかに連なる山々の間には平地が広がり、灌漑によって田畑に変えられている。豊かなこの地には、古くから海人《あま》族が住み着いている。

「きれい……」

木箱を覗き込み、幼い少女が呟く。木箱の中には、二面の鏡。一枚は、やや小ぶりだ。

「手に取ってみよ」

そう言ったのは、建田勢《たけだせ》。少女の姉の葛木高田姫の夫。大宇那比とも、丹波大県主《たにわのおおあがたぬし》とも呼ばれている彼は、亡くなった宇那比姫の兄でもある。

表は美しく輝き、日の光を照らす。裏面には、繊細な模様。天の神宝、息津鏡《おきつ》と辺津鏡《へつ》。

「この鏡が気に入ったか？」

少女が頷く。

「この鏡を守る巫女になるか？」

天村雲の孫である天戸目と、剣根の孫娘である葛城避姫。その二人の息子である建《たけ》登米《とめ》が、紀伊国造《きいのくにのみやつこ》の妹である中名草姫《なかなくさのひめ》を娶り、四人の息子と二人の娘が生まれた。下の娘である彼女は、生まれつき霊感が強く、人見知りも激しい。御蔭神事の巫女になれればと連れて来られたのだ。

建田勢は、言った。

「この鏡と毎日一緒にいられるぞ」

少女はただ、うっとりと鏡を見つめ続けている。彼女の名は、卑弥呼《ひみこ》という。

宇那比姫が亡くなって十年余り。長男の和爾《わに》彦押人は健やかに成長している。押媛《おし》も、美しい少女に育った。決断の時がきた。

天足彦《あめたらし》は、弟に告げる。

「日本足彦《やまとたらし》、お前に皇太子《ひつぎのみこ》の地位を譲りたい」

「兄上、何を言われますか」

「新しい正妃を得るべきか、随分考えた。だが、私にはやはり、宇那比姫しかいない」

「兄上……」

「私が次の天皇になっても、私の息子和爾彦は、天皇にはなれまい。日本足彦、お前が太子となり、押媛を正妃として守ってくれ」

「兄上は、どうされるのですか」

天足彦は、弟に言った。

「私は、天皇家のため、国のために、働くつもりだ。都から出て、筑紫や加羅へも行ってみたい。天神族が治めていた国が奪われていくのを、ただ傍観しているわけにはいかない」

天足彦の提案は、すんなりと受け入れられた。天足彦国押人が天皇になれば、和邇彦が太子になる。将来、和爾彦が即位を強行すれば、必ず争いが起きる。日本足彦国押人が次の天皇になり、押媛を皇后とすることには、誰も反対しなかった。

大神を祀る出石心も、内心安堵している。宇那比姫の息子が天皇になる心配が、これでなくなった。

「弟の日本足彦様は、確かにこの国の天皇にふさわしい」

周囲の者達に、出石心は言う。

「天皇は、磯城を治めればよいのだ。都にいて、何が悪い」

そして、日本足彦国押人が皇太子になり、押媛を正妃とした。


今、天足彦は、丹波を訪ねている。筑紫へ行く前に、宇那比姫が生まれ育った場所を、見ておきたかった。


「宇那比姫様！」

思いがけない言葉が、耳に飛び込む。天足彦は馬を止め、耳を澄ます。

「宇那比姫様！」

間違いない。叫んでいるのは、従者らしき男。

思わず周囲を見渡す。愛する妻はいない。いるはずはないか、と思いながらも、目は男の動きを追っている。息が苦しい。鼓動が激しくなる。

北の海に面した崖の先端には、小さな人影が見える。海の方を向いているので顔は見えないが、その姿は少女。と言うより、子供。四歳くらいか。

あの子が、宇那比姫？　男の傍まで駆け寄って尋ねたいが、彼は今、それどころではなさそうだ。獲物を狙う獣のように、身を低くして、じわじわと子供が立つ崖の先端へと向かっている。

天足彦は、遠巻きに見守る野次馬達に近づき、尋ねてみる。

「あの子は、宇那比姫というのか？」

天足彦の問いに、口々に答える。

「はあ。建田勢様の御屋敷の」

「建田勢殿の？」

「宇那比姫様は、宇那比姫様じゃ。偽物じゃがな」

周りの者達も、知っていることを披露する。

「あの姫は、ちょっと変での」

「変？」

「お守《も》り役は、いつも苦労しとる」

「巫女にするしかないと、都から出されたのだ。可哀そうに」

子供の近くまで辿り着いた男が何やら問うている。あの男がお守り役か。

「もし、姫様、何をしておいでですか」

子供は、海の方を向いたまま、身動きもしない。男は、さらに近づき、低い位置から声をかける。

「いえね、ここは危ないですからね、よろしければ、お戻りくださいましね」

ようやく子供が振り向いた。

見つめ続けていた天足彦《あめたらしひこ》は、はっとした。少女だが、少女らしくない。子供だが、子供らしくはない。かといって、大人びているわけでもない。こんな子供は、初めて見る。まるで、そう、まるで、小鹿か海鳥のような……。そこまで考えて、天足彦は自分の例えに呆れて思わず微笑み、微笑んだ自分に驚かされた。

思わず笑みがこぼれるなど、本当に何年ぶりだろう。

男は、根気強く、声をかけている。

「姫様、こんな崖の上で、一体何を」

彼女は、手を伸ばし、北の空を指さす。肘も人差し指も、ぴんとは伸びていない。普通にそこらを指している感じだ。

「え?」

男は、戸惑いながらも、子供が指した方角を眺める。遠巻きに見ていた人々も、口々に言い合う。

「やはり、少しおかしい」

「だが、崖から落ちたら、えらいことだ」

その時、一人の顔が、驚愕の表情で固まった。

「どうした?」

彼は、黙って空を指さす。

皆が一斉に目をやると、北の空の彼方《かなた》に、かすかな点々が見える。

「鳥か?」

彼方の点々は、次第に姿を現し、鍵型に隊列を組んで飛ぶ鳥の群れになる。海と空の景色の中を近づく鳥達。

子供の顔が、晴れやかに輝いていく。やがて、驚く人々の頭上高く、鳥の群れが通過していく。彼女の上で、一斉に声を上げながら。彼女は、鳥達の方へ、両手を差し延べ、鳥の声で応える。

鳥の群れが見えなくなると、少女は、何事もなかったかのように、すたすたと崖の先端から戻ってきた。天足彦の視線に気づき、ちらりと彼を見上げる。お守り役の男が、慌てて駆け寄ってくる。

「ひ、姫様、何故、おわかりに？」

震えながら発せられた問いに、少女はただ小首をかしげる。聞いている意味がわからない、というように。

人込みが消えるのを待ちながら、天足彦は空と海とを眺め続ける。久しぶりに聞いた、宇那比姫を呼ぶ声。呼ばれていた相手は、変てこな子供。

亡き妻を偲ぶつもりが、思い出し笑いしている自分に気づき、天足彦は苦笑する。まったく、おかしな日だ。

海岸から離れてしばらく行くと、また人だかりがしている。

「今度は、何事だ」

従者とともに近づいてみると、道の脇に沼があり、岸辺から少し離れた所に、先ほどの少女が立っている。足元は足首の上まで泥の中。

岸辺に集まった人々は、皆、ざわざわと話しながら見ているばかり。誰も手を貸そうとはしない。少女も、後ろ姿を見せて硬直したまま、人々の視線にさらされているだけだ。

先程のお守り役らしき男の姿も見えるが、岸辺から、おろおろしながら見ているだけである。

その少し前のこと、彼女は、風に乗って飛んできた一羽の美しい蝶を追って走っていた。そして、そのまま沼の中へと入ってしまった。一歩、二歩、三歩。そこで動けなくなった。足を引き抜くことも、できない。蝶はそのまま飛んで行った。

お付きの男が息を切らして追いついたときには、蝶の姿はなかった。沼の中に立つ姫の後ろ姿があるだけだ。

そして、また人々が集まってきた。

「なぜ、誰も助けようとしない」

天足彦の問いに、集まった人々が答える。

「助けがいるんですかね？」

「助けてとは言っていません」

「泣いてもいない」

「また、何かが起こるのでは」

少女は、身体をねじって、声の主を見る。先ほど崖の上にいた、きれいな男の人だ。その途端体勢を崩し、戻した拍子に左手をつく。左手も抜けない。慌てて右手で支えようとする。その手も抜けなくなる。

ずぶずぶと両手が沈み、顎まで泥につきそうだ。思わず、目で助けを求める。

天足彦は、近くに落ちている木の枝や落ち葉をばさっと沼に放り入れ、羽織っていた上着をその上に投げ入れた。二歩で姫の元へ行き、彼女の両脇に手を入れ、力を込めて持ち上げる。

ずぼっと泥から引き抜き、そのまま岸へと跳んで戻る。一瞬の出来事。少し遅れて、岸辺の観衆から感嘆の声があがった。

沼から引き抜かれた姫は、四つん這いのまま、岸辺の草の上で固まっている。その顔は、安堵したのか恥ずかしいのか、とにかく真っ赤。救い主の泥だらけの足元を、ただ見つめている。お付きの男が、慌てて駆け寄って来る。

天足彦は、右手で人込みを掃う仕草をする。

「見世物じゃないぞ。さあ、帰った、帰った」

人々が立ち去り始めたのを見届け、彼は姫に言った。

「そなた、建田勢殿の家の姫君か」

泥がついた顔を上げ、少女は頷く。

「私は、その家を訪ねるところだ。案内してくれ」

そして、泥だらけの少女を前に抱え、天足彦はひらりと馬に飛び乗る。

馬上で抱きかかえられたまま、何も言わずに硬直している少女に、天足彦は言った。

「お前も、助けが必要なときは、声をあげよ」

一行が建田勢の屋敷に着くと、すぐに家人達が集まってきた。天足彦は、馬の上から少女を手渡す。

「姫様！　御無事で！」

「戻られないので、心配していました！」

続いて馬から降りる天足彦に向かって、例の従者が、ぺこぺこと頭を下げ続けている。

「天足彦様！」

声に振り向くと、亡き妻宇那比姫の兄、建田勢だ。

「ようこそ、丹波へ」

その後ろには、見知らぬ若者。先客のようだ。

「近江の伊香津臣殿です。近頃は、筑紫と行き来している」

紹介された男が頭を下げる。

「天足彦様、お噂は常々耳にしております。いよいよ筑紫へ行かれるとか」

天足彦は、明るく笑う。なぜか、心が軽い。

「そのつもりだ。加羅の様子も知りたい。まずは、筑紫に行かなければ」

家人に連れて行かれながら、泥だらけの小さな姫君は、天足彦の方を何度も振り返った。


衣類を着替えて戻った天足彦に、伊香津臣が訴える。

「筑紫は今、大変な状況です。倭奴《いぬ》国として一つにまとまっていたのが、嘘のようです。皆、疑心暗鬼に陥り、誰のことも信用していない。倭奴国の一部とされていた狗《く》邪韓国《やかんこく》も、近頃では金官加羅国《きんかんからこく》と名乗っています」

「金官加羅国か……」

天足彦が、呟く。

「高天原《たかまがはら》の再建は、やはり難しいだろうか」

その問いかけには、建田勢が答えた。

「我等が目指すべきは、高天原の再建というより、倭奴国を含めた再建。それも、天神族が率いる形での再建でしょう。今の筑紫や加羅の状況は、交易や血縁で繋がる丹波の海人族にとっても、切実な問題です」

「天足彦様、結束を失った国々を辛うじて繋いでいるのも、海人族の人々です。天足彦様は、宗像様や饒速日様の血もひく天孫。海の男達も従うことでしょう。筑紫へ来ていただければ、どれほど心強いことか」

伊香津臣《いかつおみ》の話に耳を傾けながら、ふと、天足彦は切り出した。

「そういえば、先ほどの子供は、宇那比姫と呼ばれていたが」

「申し訳ない」

建田勢が、頭をかく。

「あれは、私の妻の妹、卑弥呼だ。巫女の力があるからと、義兄《あに》達に頼まれ預かった。宇那比姫の名を継がせようと思ったが、あの通りの変わり者。神事を行うのは、無理かもしれぬ」

伊香津臣が、身を乗り出した。

「あの子供に、巫女の力が？」

「姫様は、鴨が渡る日をご存じでした！　特別な力をお持ちです！」

突然叫んだのは、傍らで控えていた先程の従者だ。彼は天足彦の方へ向き直る。

「そちらの立派な殿方も、ご覧になりました！」

皆の視線を受け、天足彦は何か答えざるを得ない。

「いや、特別な力かは知らぬが、確かに、鴨の渡りを出迎えた」

伊香津臣は、いきなりがばっと手をついた。

「建田勢殿、どうか、その姫君を宇佐へ。筑紫の男達も、菟狭津彦の神託は素直に聞き入れました。その姫君ならば、再び筑紫をまとめられるかもしれない」

「何を言われる。ただの変わった子供ですぞ。兄達から見捨てられても、何とも思っていない。寂しがりもしない」

建田勢の言葉は、遮られる。

「初代の新羅王も子供でした。金首露《キムスロ》王も子供のときから人々を率いた。時代を拓くのは、神に選ばれた特別な子供なのです」

「ご覧になったでしょう。とても神童には見えない。ただの貧相な子供だ。なんの輝きもない。あんな子供に何ができる」

伊香津臣も諦めない。

「筑紫は、気候が温暖で海の幸、山の幸に恵まれている。死ぬほど働かずとも、食い物に不自由しない。夏は暑いし、豪華な衣装もいらない」

「それが、何か」

「国々が争うのは、交易を妨害されたり、水利を邪魔されたりしたときです。筑紫に必要なのは、争いが起きたときに、采配をしてくれる者」

伊香津臣の熱弁は、誰にも止められない。

「皆、面子《めんつ》がある。角を立てず、皆が納得できればよいのです。まぁいいか、と思えればよい。どちらかの肩を持っているとか、自分の利益のために決めたとか、そういう疑いが、疑いを呼び、怒りを呼び、自己防衛の争いが続く」

伊香津臣は、息を継ぐ。

「筑紫の男達は、人を見る目は持っている。その子ならば、争いを収束させられるかもしれない。伊怒姫様がしてくださったように」

「……随分評価されたものだ」

あきれたように、建田勢が言う。いつの間にか、着替えを終えた当の姫君が部屋の片隅にいて、話を聞いている。

「姫、聞いたか？　この若者が筑紫に来て欲しいそうだ。天足彦殿も行かれる。姫も行ってみるか？」

義兄に問われ、卑弥呼は、こっくりと頷いた。

四　邪馬台国

倭國者古倭奴國也（倭国は、古の倭奴国なり）

『旧唐書』「倭国日本伝」

筑紫へ向かう船には、卑弥呼と天足彦、伊香津臣。そして、卑弥呼の実の兄の一人、建彌阿久良も同行している。

かつて、磐余彦天皇が日向を発ち、筑紫から東へと軍船を進めていたときには、もっと勇ましい風が吹いていたのであろう。あのとき、宇佐の菟狭津彦が神の声を聞いた。その妹である菟狭津姫の息子が、宇佐津臣。伊香津臣は、宇佐津臣の孫であり、出石心の従兄弟でもある。

その伊香津臣の宇佐の屋敷へと、卑弥呼は向かっている。天足彦は、さらに西へと進む予定だ。兄の建彌阿久良の行先は、宇佐より南。彼に課せられた任務は、海峡を支配する海人達や日向の人々との関係を再興すること。

卑弥呼は船の縁に掴まり、ゆっくりと流れて行く景色を眺めている。見知らぬ土地へ行くことに、特別な思いはない。ただこうして、柔らかな陽射しを浴び、櫓の音を聞きながら、波に揺られているのは、心地よかった。櫓の音の間から、時々聞こえてくるのは、天足彦様の声。

筑紫は大陸に近く、気候も温暖。そのため、稲作技術を携えた倭人達が早くから住み着き、各地に小規模な国を作っていた。やがて、勢力争いに疲れた彼等は、無益な戦いを避けるために、連合を組んだ。日常の統治は、それぞれの小国で行いつつ、一つの国としてまとまったのだ。それが、伊怒姫が率いた「倭奴国」である。

同じ「倭奴国」の中にあっても、外海に面した国々は、言わば海洋国。海人族の国。彼等にとって稲作は、食料自給手段の一つにすぎない。旨い食料は、目の前の海にもあるし、背後の山にも、他国にもある。束縛を嫌う彼等は、船を繰り、「倭奴国」の名で他国と交易を行い、情報を得、豊かさを享受する。

それに比べ、内陸の国々は農業国。稲作こそが主たる産業だ。彼等にとって「国力」とは、水田の広さと、人民の数で表されるもの。そして、最強なのが、狗奴国。広い平野を支配し、多くの民を抱え、「倭奴国」の後継国と自認している。

海の男達は、卑弥呼の鴨の渡りの話で盛り上がっている。彼女は、饒速日の末裔。日向にいた天村雲の玄孫。不思議な能力も持っている。

「俺達の国に、神の娘がやってきた。新羅や加羅にも知らせよう！」

百七十三年、彼等は卑弥呼の名前で新羅に使いを出した。


狗奴国は、文句を言う。何の相談もなかったのだから、当然だ。

「何が女王だ！　ただの貧相な子供ではないか！　ふざけるな！」

狗奴国に賛同する国々もある。

だが、卑弥呼の不思議な力が知れ渡り始めると、その声は、次第に小さくなっていった。


例えば、水を巡る争い。田植えの季節には、必ず起こる争いだ。

「なぜ、下に回さない。我等が取る番だ」

「まだ上が満たされていない」

「早く回さなければ、田植えができぬ」

「上も水が切れては困る」

日が暮れてから土嚢《どのう》を積み、水の流れを変えて、自分達の田に水を入れ、夜が明ける前に、元に戻しておくような者も出る。

隠れて見張っている者もいる。

「お前達、よくも！」

「やかましい！　そっちがぐずぐずしているからだ！」

「なにを！」

男達は農具を握りしめ、殴り合い寸前だ。

「雨なら、これから降るさ。先に俺達に入れさせろ」

「降るかどうか、わかるもんか」

仲裁役の男が出てきて言う。

「まあまあ、あの子に聞いてみよう」

「あの子？」

「卑弥呼様だ」

男達がぞろぞろと伊香津臣の屋敷に向かう。

小さな姫だ。利発そうな顔ではない。愛想もないし、華もない。おどおどと口ごもり、表情も乏しい。

「こんな子供に尋ねるのか」

「黙っておれ」

話を聞いた姫は、少し考えている。口を少しあけ、視線は宙に向けられている。

「水は、今日から三日、上の田に入れなさい。四日目からは、下の田に入れなさい」

「三日も上に取られて、大丈夫か」

「大丈夫だ。大雨が来る」

半信半疑の男達は、屋敷を後にする。その日から三日目に大雨になり、上の田も下の田も、同じように潤った。


彼女は、水の神と通じていると噂が立ち、人々が訪ねてくるようになった。

「卑弥呼様、私の畑は、川から遠い。なんとかなりませんか」

卑弥呼は、少し考える。

「泉を掘りなさい」

「どこに？」

「私が行きましょう」

姫は、畑の周囲を歩き回り、ある所で足を止めた。

「ここを掘りなさい」

それは、おかしな光景だった。薄《すすき》が生い茂る野原で、大きな男達が固まって、貧相な子供が指さす地面を見下ろしている。

「ここを掘れば、水が湧くのか？」

「水の道がある」

男達は、周囲を見回す。

「川からも遠いが」

「この下を川が流れている。水の音が聞こえる」

一人が言った。

「まぁ、いいではないか。掘ってみよう。水は、もともとないのだ。出なくても損はない」

「それはそうだ」

「掘ってみるか」

男達は道具を揃え、穴を掘り始める。人の腰の高さほど掘ったところで、土は柔らかくなった。男達は顔を見合わせ、さらに掘り進める。やがて、土の中に埋もれていた大きな石を取り除くと、こぽこぽと水が溢れ出てきた。

「出た……」


また、ある時は、赤子が行方不明になった。村中の者達が総出で探したが、みつからない。三日目に、卑弥呼を訪ねてきた。

彼等は、あまりに貧相な子供を見て、とまどっている。だが、藁にもすがる思いだ。

「卑弥呼様、私達の息子は、どこにいるでしょうか」

彼女は、目を閉じ集中している。そして、ふっと目を見開いた。

「大きな樫の木がある家、その家にいる」

彼等は、ぎょっとした顔になる。互いに顔を見合わせている。

「心当たりがあるか」

「……し、しかし、その家は、私の伯母の家では……」

「そうだ。その者は、偽っている」

「その家にも、赤子がいる。なぜ、そのようなことを」

「その家の赤子は、もういない」

「え？」

「その子は、亡くなった。お前の赤子とよく似た子だ」

一瞬の間があった後、子供の父親は顔色を変えて立ち上がった。

「おのれ、許さん！」

飛び出そうとする男を、卑弥呼は呼び止める。

「待て！　今は悔やんでいる。許してやれ」

父親が振り向く。

「そっと行け。表にその家の者を呼びだし、その間に裏から入れ。一番奥の部屋だ」

そう、その家の間取りは、その通りだ。彼は、泣きそうな顔で頭を下げ、慌てて出て行った。

それは不思議な光景でもあった。普段はおどおどしている子供が、人助けを頼まれると、別人のようになり、答えを告げる。

彼女が仲裁すれば、皆、受け入れるようになった。彼女は公平で、私欲がない。彼女の采配は、誰もが納得できる。彼女の言う通りに植え付けや収穫をすれば、うまくいった。

食べ物に困らなければ、人々の心も落ち着く。命をかけてまで争うことが、ばからしくなる。水利をめぐる争いも、彼女が言う通りに掘れば、水が湧いた。彼女の指示で水路を造れば、皆に水がいきわたった。

混乱していた旧倭奴国を、変てこな少女がまとめていく。

天足彦は、筑紫や加羅と磯城の都との間を行き来している。金首露が建てた金官加羅国は、勢いを増す一方。実態を知れば知るほど、高天原を取り戻すことは、到底無理なことに思えてきた。高天原を離れて、年月が経ちすぎたのだ。

都では、彼の弟が即位し、日本足彦国押人天皇（第六代　孝安天皇）となった。その皇后は、天足彦の娘、押媛。

出雲醜や出石心は内心面白くないが、やはり葛城との協力は欠かせない。船も、航海技術も、情報もすべて、剣根と天村雲に繫がる海人族が持っているのだ。その一方で、天足彦を天皇にするべきだと主張する者達もいる。国のために、筑紫まで遠征したのだ。天皇にふさわしいのは、どっちだ。

だから、都に留まることはできない。天足彦は、思う。長く留まれば、争いが起きる。娘を皇后に迎えてくれた弟と。


久しぶりに卑弥呼の顔を見たくなったのは、何故だろう。

「大活躍だな」

天足彦の言葉に、卑弥呼の顔が強張る。相変わらず、人付き合いは苦手なようだ。

「女王様とは、出世したものだ」

天足彦の軽口にも、顔を赤くするばかり。何も言葉が出てこない。

「民が腹をすかせないのは、よいことだ」

ようやく頷いた彼女に、天足彦は、冗談めかして尋ねた。

「私は、天下を治めるか？」

「いいえ」

あまりの即答ぶりに、天足彦は苦笑する。

「もう少し愛想よくしないと、皆が離れて行くぞ」

だが、卑弥呼の顔つきは一変していた。そのまま、彼女は続ける。

「天足彦様は、国のことを本当に思っておられる。国を乱すようなことは、なさらない。弟君を下ろして即位しようとはしない。けれど、天足彦様の娘、押《お》媛《し》様が産んだ御子様が、次の天皇になります」

周囲の者達がざわめく。

天足彦は立ち上がり、頭をかいてみせた。

「それほどの者でもないぞ、卑弥呼」

そして、建物から出ようとしたときだった。

「待て！」

少女の声とは思えぬ声が響き渡る。

「この位の雨は平気だ。心配するな」

振り向いて笑う、天足彦。立ち上がりながら彼女が叫ぶ。

「行ってはいけない！」

その途端、バーンと激しい音が響き、軒近くの大木が二つに切り裂かれた。落雷だ。もう少しで巻き込まれるところだった。

軒先で束ねられた皆の視線は、そのまま卑弥呼へと向けられる。そこにいたのは、注目されて戸惑う、普通の少女だった。

卑弥呼の評判は高まる一方。それは、都へも伝えられた。一番面白くないのは、出雲醜《しこ》や出石心に繋がる者達。後に物部《もののべ》となる一族だ。

前の大臣、出石心は宮殿を訪ねる。大神斎奉の地位にあるのは、兄の出雲醜の息子だが、自ら訴えずにはいられない。

「天皇様、卑弥呼は、女王気取りです」

「あれは、乱れていた倭奴国をまとめてくれている。悪いことではない。それに、筑紫にいる兄の助けになる」

「卑弥呼を支持する者達は、邪馬台国とも名乗っています」

出石心は、今では筑紫の情勢にも詳しい。情報を集め、逐一報告する者を密かに配置したのだ。卑弥呼の傍にいる伊香津臣の母親は、出石心の叔母。味方を見つけるのは、難しいことではない。

「高天原があった瀰烏《みうやま》邪馬国の後継者だと名乗っているのも同じです。邪馬国連合、邪馬壱国の宗主国、邪馬台国だと。このまま放置してよろしいのですか」

天皇は、ゆっくりと口を開いた。

「彼等が倭奴国の名を捨てるのであれば、それはそれでよいではないか」

そして、重臣の目を見返しながら言った。

「出石心よ、磯城を統一倭国の都にするのだ。兄上もそれを望まれている」

屋敷に戻った出石心は、一族を集めた。

「我等も、本格的な拠点を筑紫に作る。倭奴国を卑弥呼に渡すわけにはいかない」

筑紫と長門の間の海峡を越えたところ。後に洞海湾と呼ばれる入り江は、「洞の海《くき》」と呼ばれている。西へ進めば、遠賀《おんが》川の河口、岡水門《おかのみなと》だ。物部の兵達は、まずは、この周囲に拠点を作っていった。武器を揃え、「大倭」の兵を名乗り、周囲ににらみを利かす。

卑弥呼は今、その南側の地にいる。宇佐から北西に上がったところ。後に京都《みやこ》とも行橋《ゆくはし》とも呼ばれる場所。銅が採れる香春《かわら》の山も近い。

「こんな近くに兵を置くなど、嫌がらせです！」

一部の者達が憤っても、卑弥呼は平然としていた。戦をしに来たのでなければ、よいではないか。筑紫に平和が保たれるのならば、別に大した問題ではない。

筑紫での暮らしは続き、卑弥呼も二十代に入った。

久しぶりに訪ねてきた天足彦の姿を見た途端、卑弥呼の胸は締め付けられた。彼の上に黒い暗い影が覆いかぶさっている。彼の寿命は尽きようとしている。

「久しぶりだな。元気にしていたか」

いつも通り、爽やかな笑顔。だが、顔色は悪い。

「磯城の都へ戻られるというのは、本当ですか？」

「そうだ。これからは都にいる。卑弥呼殿にも世話になった」

次の言葉が出てこない。卑弥呼は、彼を見つめたまま、突っ立っている。

天足彦は、微笑んだ。

「ずっとこちらで暮らすのか？　まあ、女王だからな。こちらで結婚するのか？　私が言うことでもないが」

彼女は、視線を落とす。

「私を妻にしたい人などいません」

「そんなことはないだろう」

天足彦は、一歩下がって彼女を眺める。

「そなたは良い女だ。あくどい計算もなく、人々の幸せを、心から願える。これほど善良な女は、見たことがない。見かけも……、そう悪くはないぞ。自信をもっていい。私が若ければ、妻にしたいくらいだ」

「天足彦様……」

見上げる卑弥呼の、思いつめた表情。

「冗談だ、すまぬ。私には若すぎる」

慌てて打ち消しながら、天足彦は卑弥呼の顔を見直す。先程から変だ。何かある。心配そうな顔。悲し気な瞳。私の身体の不調を見抜いているのか。

「人は皆、一人だ。一人で生まれ、一人で死ぬ」

彼女の顔が、泣きそうになる。当たりか。やはり私の終わりは近いのか。

「姫よ、いつか一緒に暮らすか?」

明るく問う天足彦に、ぽそっと彼女が問い返す。

「本当ですか?」

「夫婦じゃないぞ。老いぼれた私の世話係だ」

ようやく笑った卑弥呼を、天足彦は優しい目で見つめた。

「私の夢は、一つにまとまった強い倭国を作ることだ。その夢が叶うならば、命など惜しくない」


都に戻った天足彦の逝去の知らせが届いたのは、夏が終わろうとする頃だった。

空っぽの日々。

「卑弥呼は、最近、神通力が失せていると言われているぞ」

「なんの予言もしようとしない」

「お伺いをしても、上の空だ」

困惑しているのは、筑紫の人々だけではない。都にいる卑弥呼の兄達にとっても、事は重大だ。筑紫を率いる女王を一族に持っていることは、今では彼等の力にもなっていたから。

「なんとかしなくては」

「天足彦殿が死んだせいだ」

「一度、都へ連れ帰ってみようか」

「生まれ変わりでもいればよいのだが……」

対応策を協議していた彼等は、そこで顔を見合わせた。いる。赤子が。

そして、兄の建彌阿久良が卑弥呼を訪ねてきた。

「姉君に赤子が生まれた。天足彦殿の生まれ変わりだ。会いに行こう」

彼女は、ぼんやりと顔を向ける。

五　由碁理

百九十一年、辛未《かのとひつじ》年。

大日本根子彦太瓊《おおやまとねこひこふとに》天皇（第七代　孝霊《こうれい》天皇）が即位した。彼は、都を磯城《しき》の黒田に遷す。黒田は、後の田原本町黒田。

皇后は、磯城県主《あがたぬし》の娘、細《ほそ》媛。妃は、大日本彦耜友《おおやまとひこすきとも》天皇（第四代　懿徳《いとく》天皇）の弟である磯城津彦の孫娘二人。姉の絙某姉《はへいろね》は、倭迹迹日百襲《やまとととひももそ》姫、吉備津《きびつ》彦、倭迹迹稚《やまとととわか》屋《や》姫を産む。妹の絚某弟《はへいろど》は、彦狭嶋《ひこさしま》と稚武彦《わかたけひこ》を産む。稚武彦は、吉備臣《きびのおみ》の始祖となる男だ。

卑弥呼の実の兄達は、建多乎利《たけたおり》、建彌阿久良《たけみあぐら》、建麻利尼《たけまりね》、建手和邇《たけたわに》。一族の本拠地は今、葛城にある。

卑弥呼の姉は、葛木高田姫。その夫は、葛城にも屋敷を構え、丹波の大縣主《おおあがたぬし》をも務める実力者、建田勢《たけだせ》。彼は、天足彦の妃であった宇那比姫の兄であり、卑弥呼達兄弟と同じく、天村雲《あめのむらくも》の血を引いている。赤子が生まれたのは、この葛城の家だ。

「卑弥呼、由碁理《ゆごり》だ」

義兄に促され、卑弥呼は赤子の傍らへ寄る。その後ろ姿を、集まった兄達が固唾《かたず》をのんで見守っている。

「由碁理……」

呟く彼女の脳裏には、美しい酉《ゆ》の尾《こり》が浮かんでいる。

建田勢は、堂々と宣言した。

「この子は、天足彦殿の生まれ変わりだ」

虚ろな表情で顔を上げた卑弥呼は、義兄の強い視線を受け止める。

「どうだ、そっくりだろう」

強い視線は、背中にも感じる。卑弥呼は、改めて赤子の顔を覗き込む。やっぱり、少しも似ていない。くしゃくしゃ顔の男の子。小さな口をすぼめ、眩しそうに瞬きをしている。

けれど、薄皮がむけかけた赤く小さな手にそっと触れたとき、卑弥呼の眠っていた力は、再び活動を始めた。


「天皇様、卑弥呼という名をご存知ですか」

建田勢が尋ねている。今の天皇の父親は、天足彦《あめたらしひこ》の弟だった日本足彦《やまとたらしひこ》国押人天皇。母親は、天足彦の娘の押《おし》媛だ。

「筑紫をまとめている有名な巫女だろう。たしか、そなたの妻の妹であったな」

建田勢は頷き、声を低くする。

「今、葛城に来ております。ご覧になりますか」

「そうだな。会ってみようか」

「とんでもない！」

じっと聞き耳を立てていた大矢口宿禰《すくね》が、声を荒げる。

「妖しい巫女です！」

大神斎奉を務める大矢口宿禰は、出石心の息子。鬱色雄《うつしこお》、鬱色謎《うつしこめ》、大綜麻杵《おおへそき》達の父親でもある。

天皇は、笑う。

「大矢口、そう怒るな。顔を見るだけだ。よいではないか。有名な巫女だ。亡くなった祖父殿を慕っていたという話もある。どんな女か見てみたい」

玉座の前に通されたとき、卑弥呼の年齢は、二十代半ば。若い女性ではあるが、不思議に女性という感じがしない。かといって、見た目が悪いわけでもない。

物珍しそうに眺めながら、天皇が問う。

「お前が、卑弥呼か。どうだ、私の治政は。うまくいきそうか」

彼女は、白目が少ない眼で、じっと天皇を見つめる。無礼でもないし、怯えてもいない。まるで、山でばったり出会った鹿か何かのよう。

「どうだ、何か見えたか」

その問いかけに、彼女はゆっくりと答える。

「来年、大飢饉になります。米を備蓄し、腹にたまる作物を作らせてください」

いつの間にか、彼女の声は変わり、穏やかだがよく響いた。彼女の姿は威厳に満ち溢れ、その存在感は同世代の天皇をも圧倒するほど。卑弥呼を見物しようと集まっていた者達は呆気に取られ、辺りは静まり返る。

やがて騒《ざわ》めきが始まり、言葉を失っていた天皇も、ようやく口を開いた。

「……わかった」

建田勢は、思わず武者震いする。女王卑弥呼の復活だ！

その噂は、筑紫の狗奴《くぬ》国にも届いた。

「卑弥弓呼《ひみくこ》王様、姿を見ないと思っていたら、卑弥呼は都へ行っていたようです」

重臣の狗古智卑狗《くこちひく》が報告している。

「天皇の前で、来年は大飢饉になると予言したとか」

「そうなのか？　大飢饉になるのか？」

男王の真面目な問いかけに、狗古智卑狗は即答する。

「でまかせでしょう」

「我等も食料を備蓄すべきではないか？」

心配そうな男王。

「今は、戦闘に備え、食料を武器に替えているところです。備蓄にまわす余裕は、それほどありません」

「それで、大丈夫か？」

狗古智卑狗は、きっぱりと言った。

「卑弥弓呼《ひみくこ》王様、倭奴《いぬ》国を受け継ぐのは我々、狗奴《くぬ》国。卑弥呼ごときに惑わされてはなりません」

一方、筑紫に戻った卑弥呼は、すぐに食料の備蓄を指示した。いつもならば捨てているような植物や、海の産物も、干して保存できるものは、蓄えさせた。次々と指示を出す彼女は、以前の彼女にもまして力に満ちている。

はたして、翌百九十三年、田植え時の旱魃と収穫時の大雨が重なり、大不作になった。

十分な備蓄をしていなかった狗奴国の民達は、食料を求め、周囲の国々になだれこむ。中には、海人族に懇願し、加羅や新羅にまで食料を請いに行く者達もいる。

卑弥呼を支持する国々は、周囲に掘った環壕で集落を守り、襲撃に耐える。卑弥呼もまた、前線に出て戦った。民のために動くとき、彼女は疲れを知らない。頬を上気させた彼女は、別人のように美しく見えた。

「狗奴国の奴等、いい気味だ」

「卑弥呼様を信じないから、天罰が下ったのだ！」

大人達が口々に言うのを、伊香津臣の幼い息子、梨迹臣《なしとみ》が聞いていた。

「卑弥呼様」

梨迹臣は、偉大なる巫女の顔を見上げる。

「予言が当たるのは、嬉しいものですか？」

少年は、大真面目に続ける。

「予言が当たって、多くの人が飢えている。予言が当たらなければ、皆は飢えずにすんだけど……」

周囲の大人たちは、慌てて止めに入る。そして、びくつきながらも、卑弥呼の答えを待っている。彼女は、不思議そうに小首をかしげた。

「大飢饉と私と、何か関係があるのか？」

だが、人々にとっては、卑弥呼の力が絶対になっていく。彼女の言うことをきかなければ、大変なことになる。卑弥呼様は、神の使いなのだ。

百九十九年、加羅の金首露《キムスロ》王が逝去した。

卑弥呼を支持する人々は、邪馬台国の強化に一層励んでいる。倭奴国の後を引き継ぎ、倭人の国々を率いるのは、我等だ。その気概が結束を固めていく。

だが、卑弥呼自身は相変わらず、権力には無関心だ。

「由碁理を卑弥呼の元へ送ろう」

筑紫の状況を見守っていた建田勢は、ついに決断した。

「このままでは、卑弥呼がまとめた筑紫が、我等の手から離れてしまう。卑弥呼は、もう夫は持つまい。由碁理を卑弥呼の後継者にしよう。邪馬台国は、我等のものだ」

従者とともに卑弥呼の元に現れた由碁理は、まだ子供だ。子供らしくない子供ではあるが。

「叔母上、由碁理です」

その途端、卑弥呼の脳裏には、美しい尾羽の雄鶏が現れる。

「『ゆ』は、酉《とり》の字か?」

生真面目な表情で、少年は答える。

「違います。由《よし》の字です」

「よしごりか？」

「違います」

二人は、どこか似ていた。卑弥呼の側近となった由碁理は、すぐに「卑弥呼の弟」と呼ばれるようになった。冗談など言わない彼女が、ときどき呼びかける。

「よしごり」

にこりともせず、少年が答える。

「ゆごりです」

愛想笑いをしない二人。愛嬌の欠片《かけら》もない。


二百七年、丁亥《ひのとい》年。

大日本根子彦国牽《おおやまとねこひこくにくる》天皇（第八代、孝元《こうげん》天皇）が即位した。彼は、磯城の軽《かる》の地に都を遷す。即位して七年目、妃であった鬱色謎《うつしこめ》が、正式に皇后となった。

鬱色雄《うつしこお》と大綜麻杵《おおへそき》は、有頂天だ。二人は、鬱色謎皇后の兄と弟。そして三人は、大矢口宿禰《すくね》の子供達。すなわち、出石心《いずしごころ》の孫にあたる。一族から皇后を出すという長年の夢が、ようやく叶ったのだ。

天村雲《あめのむらくも》の孫である世襲足《よそたらし》姫が皇后になれるなら、我が一族の娘も皇后になれるはず。ずっとそう思ってきた。なぜなら、我等も饒速日《にぎはやひ》の直系だから。

「わが妹を皇后にしていただき、光栄です」

恭しく頭を下げる欝色雄。そんな彼をちらりと見て、国牽《くにくる》天皇は言った。

「国を大きくしてみせるという、そなたの言葉を信じたのだ。わかっているな」

「必ず」

欝色雄大臣は、誓う。

「我等は、物の神を司るもの。優れた武器を揃え、強い軍隊を作り、天皇様のために尽くします」

「期待している。必ず成し遂げよ」

天皇と皇后の間には、三人の子供ができた。一番上は、大彦《おおびこ》。次が大日日《おおひひ》、その次は倭迹迹《やまととと》姫という。

さて、鬱色雄大臣と鬱色謎皇后の弟である大綜麻杵には、伊香色謎《いかがしこめ》という娘と、伊《い》香色男《かがしこお》という息子がいた。姉の伊香色謎は、絶世の美少女。桃色を帯びた、きめ細かな白い肌。潤みがちな大きな瞳。骨格は華奢で、手の指までほっそりと美しい。

伯母が皇后になったことを知ると、彼女は父親に迫った。

「お父様、私も宮殿に上がりたい」

「だが、皇后の座には、お前の伯母がいる」

「かまわないわ。妃でもいい」

大綜麻杵《おおへそき》は、娘の顔を見つめる。十三歳になったばかり。恐れを知らない、陰りのない瞳。気が強く、言い出したらきかない。けれど、あの海千山千の国牽《くにくる》天皇の妃になって、幸せなのか。

「お前ほど美しい娘はいない。お前には、もっとふさわしい男がいるのではないか」

娘を思う父親の言葉は、遮られる。

「何を言うの！　天皇様より立派な男が、どこにいると言うの！」

大綜麻杵は、なんとか娘をなだめようとする。

「もう少し待ってみよ。よく考えてみよ」

「待っていたら、すぐに年を取ってしまう。お父様は、ずっと鬱色雄伯父様《うつしこお》の後ろを歩くの？　ずっと遠慮して生きるの？　お父様が弟に生まれたばかりに、私もずっと日陰を歩くの？」


結局、娘にせっつかれた大綜麻杵は、国牽天皇の元を訪れた。

「なんだ」

兄の鬱色雄大臣を通さず、直接会いに来るとは珍しい。皇后の弟が、何の用だ。

「天皇様、私の娘が、天皇様をお慕いし、どうしてもお傍に置いていただきたい、と申しているのですが」

国牽天皇は、身を乗り出す。

「そなたの娘、というと、伊香色謎《いかがしこめ》か？」

「そうです」

天皇の顔がほころぶ。

「彼女は、稀に見る美少女だというではないか。だが、まだ子供ではないのか」

「十三歳になったばかりです」

「十三歳で私の妃になりたいと願いでるとは、殊勝な心掛けだ。一度会ってみよう。連れてまいれ」

話を伝え聞いた鬱色雄は憤慨し、すぐに弟を呼びつける。

「私に黙って、なんということを！　わが一族から、やっと皇后を出すことができたばかりだというのに。伊香色謎《いかがしこめ》は、生意気な小娘だ。何か粗相があったら、どうするのだ！」

そこまで言われては、大綜麻杵《おおへそき》も面白くない。

「私も、若く将来のある娘を…と躊躇しましたが、天皇が望まれるのです。お断りするわけにはいきません」

鬱色雄《うつしこお》の怒りはおさまらない。

「弟の分際で、私に何の相談もなく！」

大綜麻杵は、繰り返した。

「天皇が望まれたこと。仕方がありません」

建田勢《たけだせ》の屋敷には、卑弥呼の兄達が集まっている。

鬱色謎が皇后になっただけでも、落ち着かぬのに、大綜麻杵の娘まで妃になるとは。伊香色謎は、有名な美少女。天皇の寵愛を受けるに違いない。このままでは、葛木尾張の影響力が排除されかねない。常に前線に立ち、身体を張って天皇家を守ってきたのは、葛木尾張の兵達、そして天足彦に繋がる天皇家の人々であるというのに。

「建田勢殿、どうします」

皆の視線が、彼に向けられる。丹波の大縣主として勢力を維持してきた彼も、七十歳に近く病も得ている。これから一族は、どうなるのか。

「我等の最大の強みは、邪馬台国」

建田勢は、大きく息を継ぐ。

「私も歳をとった。由碁理《ゆごり》はまだ若いが、『卑弥呼の弟』と呼ばれ、ともに邪馬台国を率いている。妻を持たせ、娘もできた。後のことは、由碁理に委ねたい」

卑弥呼の兄達が言う。

「建田勢殿、邪馬台国を率いているのは、卑弥呼だ。これからは、時々都に来させましょう」

宮殿にあがった伊香色謎は、胸をときめかしている。天皇の妃になったのだ。息子を産めば、皇子の母。次期天皇の母になれる可能性だってある。

天皇と皇后鬱色謎《うつしこめ》の長男である大彦《おおひこ》は、宮殿を出て物部《もののべ》の軍を率いている。宮殿に残っている次男、大日日《おおひひ》は、すらりと背が高く、切れ長の目元、鼻筋が通り、冷たいほどの美しさ。

二人は、宮殿の廊下ですれ違った。

女が、はっと息をのむのがわかった。随分着飾っているが、どう見ても子供だ。人目をひく美少女ではある。大日日は、ちらりと横眼で見ながら通り過ぎた。

「誰だ、あの女は」

「父上様の新しい妃です」

「皇后様の弟、大綜麻杵《おおへそき》殿の娘、伊香色謎《いかがしこめ》様です」

大日日は、思い出した。母である鬱色謎の姪。従妹の伊香色謎。幼い頃、会ったことがある。そうか、あの子があぁなったのか。

大日日は、笑う。

「皇后の姪に手をつけるとは。父上も物好きだ」

「大綜麻杵殿からの申し出だったそうです」

「ふん。欲深が考えそうなことだ」

伊香色謎の胸は、激しく打っていた。大日日様が、あれほど美しい皇子になっていたとは！　ああ、なんということ！　私はもう、国牽天皇の妃になってしまった。決して皇后にはなれないというのに！

あの若く美しい皇子こそ、私にふさわしかった！

心は乱れ、目には涙が浮かぶ。

その時、正面から声がした。

「随分若いな」

「よくない」

伊香色謎は、声の主を見る。見たことがない中年の女が、彼女の顔を見つめている。この宮殿では見かけない、変わった衣装。その後ろについている若い男は、この中年女の息子か。

「よくない」

女がもう一度そう言い、二人は通り過ぎていった。

「誰なの、今のは！」

「邪馬台国の卑弥呼様です」

何も言い返せなかった自分が悔しい。まるで、魂の奥まで見透かされたような気がした。伊香色謎《いかがしこめ》は、袖の中で拳を握りしめ、心の中で叫ぶ。

「無礼な！」


それからというもの、機会がある度、伊香色謎は、熱い目で大日日《おおひひ》の姿を追わずにはいられない。やがて、それは噂になり、国牽《くにくる》天皇の耳にも届いた。

　ある日、大日日は、天皇の部屋に呼ばれた。

「お前が、私の妃と通じているというのは、本当か」

「とんでもありません」

「家臣や女官達が噂している」

「冗談じゃありません！　どうして私が、父上の妃に手をつけるのですか！」

　頼まれて妃の一人に加えた伊香色謎は、噂以上の美少女だった。宮殿での暮らしの中で、彼女はますます艶やかさを増していく。息子に譲る気はない。

　大日日は、父親の顔を正面から見据えた。いい年して、子供のような娘に手をつけ、息子の若さに嫉妬している父親。情けない！

　その思いが顔に出たのか。天皇の表情が強張る。

「お前は、天皇を継ぐ者ではないか。身を正せ！」

「どうぞ、兄上に。私は自由に生きる」

　部屋を出て角を曲がると、声が追いすがった。

「大日日様！」

振り返ると伊香色謎だ。大きな瞳は涙でうるんでいる。小さな赤い唇を震わせ、両手を差し延べて、問いかける。

「どこかへ行かれるのですか」

大日日は、差し出された華奢な手を振り払う。

「いい加減にしてください！」

さっそうとした後ろ姿。夫とは全く違う。若々しい声、若々しい肌、ぴんと張った背中の筋肉からあふれだす色気。私が欲しいのは、私に相応《ふさわ》しいのは、この男だった。早まった！　父上の言う通り、もう少し待っていればよかった！　知らぬ男でもなかったのに！　伊香色謎は、涙を溜めて見送った。

鬱色雄は、大綜麻杵と伊香色謎を前に大激怒している。

「お前が妃になりたいと言ったから、頭を下げて宮殿に入れてもらったのだ。それが、何だ。皇子に色目を使うとは！　私に恥をかかせるつもりか！　自分の立場が分かっているのか！　皇后にまで恥をかかせおって！」

彼女は、しくしく泣いている。自分だって、こんなはずではなかった。誰もが振り向く美しさ。誰もがうらやむ若さと色気。なのに、好きな男は得られない。

伊香色謎は、やがて妊娠していることに気づいた。天皇は、彼女の寝所に来なくなった。そして生まれたのは、男の子。夫は相変わらず、彼女の元へ寄りつかない。

侍女が噂を伝える。

「姫様、皆が噂しています」

「何と？」

「本当に天皇の皇子なのか、と」

伊香色謎は勢いよく立ち上がった。そんな噂、許せない！

「姫、どこへ行く」

止めたのは、父親の大綜麻杵だ。

「天皇様の所へ行くのです！」

「今は、騒ぐな。人の噂など、静かにしていれば通り過ぎる。おとなしく時を待つのだ」

彼女の顔が、かあっと赤くなる。父親も噂を聞いているのだ。耐えられない。

「嫌です！　こんな噂、ひどすぎる！」

彼女は、赤子を飾りたて、天皇の元へと向かう。

「天皇様、可愛い皇子です」

伊香色謎が抱き上げ差し出した赤子を、天皇は、ちらりと見下ろした。何も言わない。子供が子供を抱いているようなもの。傷心の伊香色謎。まだ少女のような頬を涙が伝う。

彦太忍信《ひこふつおしのまこと》と名付けられたその子は、後に、武内宿禰《たけうちのすくね》の祖父となる。


そして、天皇は、さらに妃をもった。

「どうして、また、妃をもらうのですか」

伊香色謎は、泣いてすがりつく。

「私では不満なのですか。まだ、あのような噂を信じておられるのですか」

天皇は、何も答えない。泣いたり喚《わめ》いたりは、本当に面倒だ。

新しい妃は、河内の青玉繋《あおたまかけ》の娘、埴安媛《はにやす》。皇后鬱色謎は気品に溢れ、伊香色謎は絶世の美女。この二人の輝きに比べれば、埴安媛は、人並み以上ではあったが、平凡な容姿。ただ、一緒にいて楽だった。

「伊香色謎には、ほとほと手を焼いている」

天皇は、新しい妃に愚痴をこぼす。

「私の息子に色目を使っていたくせに、やたら嫉妬深い。一緒にいるだけで疲れる」

埴安媛に膝枕した天皇は、彼女の手をもてあそぶ。

「お前といると、本当に気が休まる」

「天皇様、いつでもお出でくださいませ」

やがて彼女にも子供が生まれた。男子だ。

「武埴安彦《たけはにやすひこ》と名付けたそうですよ」

侍女の言葉が、胸に刺さる。伊香色謎の胸は、張り裂けそうだ。どれだけ泣いても、気持ちを鎮めることなどできない。

はっと顔を上げた卑弥呼に、由碁理《ゆごり》は尋ねた。

「どうしました？」

「……いけない。由碁理」

真剣な表情。何かが見えたようだ。

「都で争いがおきる。このままでは、多くの人々が死ぬ。止めなければ」

由碁理は、卑弥呼の目を見返す。

「都へ行きますか」

「そうだな……」

彼女は、呟いた。

「今度は少し長くなる」

六　二つの都

久しぶりに宮殿に呼ばれたと思えば、またあの女の話だ。

「あんな子供に手を出すほど、私は女に不自由していない。そのような疑いをかけられるのなら、私は磯城から離れます！」

そう宣言して、父天皇の部屋を出た大日日。怒りにまかせ、ずんずんと大股で進む彼を、聞きなれない声が呼び止めた。

「大日日様」

見ると、若いが妙に落ち着いた男。どこかで見たような気もする。

男は丁寧に頭を下げる。

「丹波の大県主《おおあがたぬし》建田勢《たけだせ》の息子、由碁理でございます。外までお声が響いておりました」

そして、誘った。

「磯城を離れるおつもりでしたら、気晴らしに北の地へ来られませんか。丹波や葛野へと続く山背の近く、春日などはいかがでしょう。私共がお世話いたします」

「この地を離れられるなら、どこでもよい。磯城には、うんざりだ！」

由碁理は、続けて言った。

「よろしければ、私の娘竹野媛《たかの》を、お傍においてください」

そうだ、好きな女も別にいない。父親の妃と噂になるくらいなら、この男の娘でもかまわない。


山背に近い春日の地に、大日日は屋敷を構える。磯城から離れ、解放感で一杯だ。空気までうまい。

妃となった竹野媛《たかの》は、まだ若い。父親に似たのか、無駄口を叩かぬ控えめな性格。伊香色謎《いかがしこめ》とは大違いだ。

「由碁理《ゆごり》、ここは良い所だ」

大日日《おおひひ》は、満足気に言う。

「私は結界など信じぬ。歴代の天皇が、何故、あの狭い地域に閉じ込められなければならないのだ」

竹野媛が身ごもると、由碁理は新しい妃を紹介した。天足彦の子和爾《わに》彦の娘、姥津《ははつ》媛である。由碁理にとって彼女は、叔母宇那比姫の孫娘でもある。姥津媛の兄、姥津《ははつ》彦には、彦国葺《ひこくにぶく》という息子がいる。

「私が、そなたの娘、竹野媛だけでは満足できぬと思ったか」

由碁理は黙って頭を下げる。大日日は笑った。

「私の機嫌をとり、私に近づきたいのか？　私は、父に疎まれた次男だぞ。本当によいのか？」

由碁理は、答える。

「精一杯尽くさせていただきます」

春日での暮らしは、居心地がよかった。大日日は、美しい姥津《ははつ》媛を愛し、控えめな竹野《たかの》媛のことも大切にした。竹野媛が産んだ息子は、彦湯産隅《ひこゆむすみ》と名付けられた。姥津媛と大日日の間に生まれた皇子は、彦坐王《ひこいますのみこ》という。

鬱色雄大臣は、苛立っている。磯城の都を離れた大日日が、春日の地を拠点に、葛木尾張や丹波の勢力との絆を強めるのを、これ以上見過ごすわけにはいかない。奴等は、邪馬台国の卑弥呼とも繋がっているのだ。

「お前の娘のせいだ！」

鬱色雄は、弟大綜麻杵《おおへそき》に詰め寄る。

「我が一族から初めて皇后を出したというのに、色狂いの伊香色謎が、ぶち壊した！どうしてくれる！」

「兄上、次の天皇は、我等の甥。伊香色謎のことはお許しください」

鬱色雄の怒りはおさまらない。

「兄の大彦殿は、立派な武者だが、お人よし。次の天皇は、おそらく大日日だ。だが、彼が天皇になれば、皇后は姥津媛。そうすれば、皇太子《ひつぎのみこ》は、我等とは縁がない彦坐王《ひこいますのみこ》。我等は、家臣に逆戻り」

大綜麻杵は、言う。

「やはり、大日日殿を磯城に連れてきて、我等の目の届くところに置かなければ」

「だから、そうしたら、皇后は姥津媛だ。それでよいのか」

「大日日殿が天皇になるのは、まだ先の話だ。誰か探しましょう。我等の味方で皇后になれる姫君を」

そうは言ったものの、天足彦《あめたらしひこ》の孫娘である姥津媛《ははつひめ》を押しのけて皇后になれるような女性は、見当たらない。大綜麻杵《おおへそき》の目の前にいるのは、無駄に美しい娘だけ。兄を欺いてまで宮殿に送り込んだ娘。天皇の寵愛を受けられず、大日日からも疎まれているというのに、その色香は増すばかりだ。

二百二十年、漢が滅亡した。再興してからの漢では、外戚が権力を握り、第四代皇帝からずっと幼帝が続いていた。漢の重臣として、魏国公の称号を与えられていた男、曹操。その子曹丕《そうひ》は、禅譲の形で皇帝の地位を得ると、国号を魏《ぎ》とした。

磯城では、大日本根子彦国牽天皇《おおやまとねこひこくにくる》（第八代　孝元天皇《こうげん》）が病に倒れた。皇太子の地位にいるのは、大日日《おおひひ》（稚日本根子彦大日日尊《わかやまとねこひこおおひひのみこと》）。兄の大彦《おおびこ》も雄々しく立派な武将だが、大日日には、誰もが認める強い輝きがあった。

もう一刻の猶予もない。我が子をあやす娘を眺めつつ、大綜麻杵は、ため息をつく。

「お前が、天皇の妃になどならねばよかったのに。なぜ、待てなかったのだ」

伊香色謎《いかがしこめ》は、きっぱりと言った。

「今の天皇様が亡くなれば、私は大日日殿の皇后になります」

突然の宣言だ。さすがに、父親も驚く。

「お前は、国牽《くにくる》天皇の妃。大日日殿の義理の母親ではないか」

「叔母や姪を皇后にした例は、いくらでもあります。叔母が皇后になれるのなら、庶《まま》母《はは》がなってもよいでしょう。それに、天皇の妃と言っても、もうずっと指も触れてもらえていない」

娘の強い視線に、大綜麻杵は思わず身震いする。

「お前という女は……」

我が娘ながら、恐ろしい。だが、言われてみれば、一族にとっては、それが一番の打開策かもしれない。

弟大綜麻杵の話を聞き、鬱色雄は考え込んだ。

「確かに、それしか道はないかもしれない」

目の前には、伊香色謎。際立つ美貌、そして意思の強さ。確かに、伊香色謎ほどの女性は、一族にはいない。由緒正しい生まれの姥津媛《ははつ》を強引に押しのけ、皇后の座に居座ることができるのは、彼女位のものだ。彦坐王《ひこいますのみこ》を皇太子にせず、伊香色謎が産む男子を次期天皇にする。そうしなければ、我等はまた、ただの臣下に成り下がる。

「しかし、どうやって大日日を説得する。彼は伊香色謎を嫌っている」

伊香色謎は、もう何を言われても平気だ。

「それに、由碁理《ゆごり》や建多乎利《たけたおり》達はどうする。奴等には、卑弥呼がついている。敵にまわすと厄介だ。手を結ぶしかない。だが、どうやって……」

彼女は、言った。

「私が由碁理に協力させます」

鬱色雄と大綜麻杵は、驚いて尋ねる。

「どうするというのだ」

「卑弥呼を使いましょう」

「お前は、卑弥呼を知っているのか」

「一度、会ったことがあります」

そう、あの宮殿で。一瞬ですべてを見抜かれた。私の野望も、思いも、私自身も。

「彼女は今、筑紫と葛城を行き来している。彼女に居場所を与えましょう。磯城に祭祀場を作らせ、この地を邪馬台国の都にするのです」

あまりの提言に、鬱色雄達は言葉を失う。

なんとか気を取り直した大綜麻杵は、娘に問う。

「そのようなことをすれば、邪馬台国に力を貸すことになるではないか」

「いいえ」

と伊香色謎。

「卑弥呼をこの地に留めれば、筑紫は手薄になる。女王国の北には、我等物部の兵がいる。卑弥呼と筑紫を引き離し、我等が筑紫を手に入れるのです」

押し黙る二人。

「ただし、一つだけ、お二人の了解が必要です」

「なんだ」

「大物主の神は、言わば、蛇神様。天神族は天の神を祖とし、鳥を神の使いとしています。磯城の地で鳥の祭祀を行うことをお許しください」

鬱色雄が、口を開く。

「我等は、天神の血も引いている。磯城を守っているのも、鴨の結界だ。大物主様は、すべての物の神。鳥の儀式を行ったところで、お怒りにはなるまい」

「では、構いませんか」

姪に圧倒されつつ、鬱色雄は答える。

「構わぬ」

突然訪れた伊香色謎に、由碁理は戸惑っている。卑弥呼の祭祀場を作る提案などされては、なおさらだ。突拍子もない。一体何を考えているのか。

由碁理は、子供を諭すような口調になってしまう。

「病に倒れられているとはいえ、天皇様のお膝元で、そのようなことをしてよいのですか」

「天皇は、もう何もできません。対外的には、回復祈願だと言えばよい。都の真ん中に卑弥呼殿の祭祀場を作るのです。悪い話ではありません」

絶世の美女からは、挑むような視線が放たれている。

「鬱色雄様や大綜麻杵様はご承知なのですか」

「承知しています」

なおも言葉を選んでいる由碁理に、彼女は言った。

「お返事は、今でなくて結構です。卑弥呼殿に伝えてください」


その話を聞いた一族は、正直驚いた。都に祭祀場を作れるなど、夢のような話だ。

「で、むこうの交換条件は、なんだ」

「伊香色謎《いかがしこめ》殿と、息子の彦太忍信《ひこふつおしのまこと》殿を、これからも守って欲しいそうです」

由碁理が答えると、男達は納得したように頷いた。

「まあ、若くして夫を亡くすのだからな。彼女を嫌っている大日日殿が次の天皇になれば、ますます彼女の居場所はなくなるだろう」

「反対する理由はない」

「卑弥呼は、どうだ？　よい話ではないか」

黙って聞いていた卑弥呼に、注目が集まる。彼女は、言った。

「私には、邪馬台国がある。こちらに留まるわけにはいかない」

「しかし、民達は、預言者の姿を見たいだろう」

そう言われても、卑弥呼は気乗りしない様子。建多乎利《たけたおり》が、明るく言った。

「卑弥呼も、五十歳を過ぎた。表舞台には、もっと若い巫女を出そう」

皆が笑う。

「誰がいい？」

「倭迹迹日百襲姫《やまとととひももそ》など、どうだ？」

倭迹迹日百襲姫は、前の大日本根子彦太瓊《おおやまとねこひこふとに》天皇（第七代　孝霊《こうれい》天皇）の娘。母親は、磯城津彦の孫娘。兄は、吉備津彦。彼女はまだ若い。おまけに鳥霊《ととひ》の名を持つ。適任だ。

鬱色雄と大綜麻杵、そして皇后鬱色謎のお墨付きをもらい、天皇の平癒祈願との名目で、磯城に祭祀場が作られていく。

巫女役を依頼された倭迹迹日百襲姫は、頬を染めた。

「私は、預言などできません」

「本当の預言は、卑弥呼がする。姫は、発表する係だ。美しいそなたが舞えば、神も喜ばれる」

真新しい祭祀場。場所は、後の田原本町あたり。水田に囲まれた中に、大きな建物が作られ、倉庫や神殿になる。屋根の飾り、鳥の飾り。

卑弥呼の一族を支えようと、葛城に縁がある尾張の人々が移り住んでくる。倭迹迹日百襲姫の兄である吉備津彦がいる吉備からも、多くの人々がやってきた。吉備の円筒埴輪や、尾張の土器も並べられる。

「初代天皇の東征を支えたのは、尾張や吉備の者達だ。今度こそ、我等の都を造ろう」

「吉備の都、尾張の都だ」

光り輝く巨大な銅鐸が打ち鳴らされる。その響きが残る中、白い衣装の倭迹迹日百襲姫が登場する。長い羽を身に着け、頭には、トサカのような髪飾り。両手を大きく広げ、羽ばたく鳥の姿で舞う。

華やかな町は活気に満ち、真新しい神殿に人々が集まる。新たな名所となり、人々を魅了していく。

由碁理が卑弥呼に言う。

「叔母上、手柄を取られていますぞ」

「手柄？」

「倭迹迹日百襲姫は、すごい人気だ。人々が群がっている」

卑弥呼は、笑った。

「皆、楽しんでいる。よいではないか」

「男は親衛隊まで作っている。女はうっとり、憧れの目つきだ」

「私は人前に出るのは苦手だ」

「人がよすぎる。本当に預言しているのは、叔母上なのに」

卑弥呼は、甥の顔を見つめる。

「私には、邪馬台国がある」


新しい祭祀場は、春日からも近い。その噂は、大日日の耳にも届いている。彼は、由碁理を呼びつけた。

「私を春日に呼んだのは、このためか。私を磯城から遠ざけ、そなた、卑弥呼とやらを使って、国を乗っ取るつもりか」

「とんでもありません」

由碁理は、丁重に頭を下げる。

「大日日様には、私の娘竹野《たかの》媛も嫁いでおります。卑弥呼率いる邪馬台国は、大日日様に捧げるつもりです」

「ふん」

大日日は、鼻を鳴らす。表情の乏しい男め。理屈だけは、立派に言うではないか。

その大日日の元を訪ねてきたのは、鬱色雄と大綜麻杵。大日日にとっては、皇后である母親鬱色謎《うつしこめ》の兄弟だ。

「大日日様、即位の日も近い。磯城にお帰りください」

「妖しい巫女に支配された場所になど、私は行かぬ。ここが都だ」

鬱色雄は、ため息をついた。

「わかりました。では、都はこの春日の地に置かれるとよいでしょう。前例のないことですが、やむをえません」

そして、続ける。

「しかし、即位されるのであれば、伊香色謎《いかがしこめ》を皇后にしていただきます」

がばっと大日日は立ち上がる。

「何を言う！　伊香色謎は、父上の妃だ！」

大綜麻杵は、恭《うやうや》しく大日日に言う。

「私の娘伊香色謎は、大日日様との噂を立てられ、不遇の日々を送ってきました」

「それは、あの女が！」

と言って、言葉を変える。

「伊香色謎殿が、悪いのだ。私のせいではない」

「大日日殿は、彼女の本当の力をご存知ない」

鬱色雄は、言う。

「卑弥呼に祭祀場を作らせたのは、我等の目の届く所に置き、邪馬台国を支配するため。そして、祭祀場を作ることを彼等に承知させたのは、伊香色謎です。磯城に戻られるか、伊香色謎を皇后にされるか、いずれかお選びください。そうなされば、邪馬台国を手に入れた暁には、大日日様に贈呈しましょう」

大日日は、一瞬呆気にとられ、次に噴き出した。由碁理も騙されたのだ。この悪どい連中に。自分の娘の夫を追い詰めるとも知らず、由碁理の馬鹿め。何が、卑弥呼だ。何が、預言者だ。何も見えていないではないか！

ひとしきり笑って、大日日は言った。

「お前達がいる磯城になど帰らぬ。伊香色謎は、好きにすればいい」

　やがて、大日本根子彦国牽天皇《おおやまとねこひこくにくる》（第八代　孝元天皇《こうげん》）は、逝去した。大日日は、稚《わか》日本根子彦大日日天皇《やまとねこひこおおひひ》（第九代　開化天皇《かいか》）として即位し、春日《かすが》の地に都を遷し、率《いざ》川宮《かわのみや》を置いた。率川宮は、後の奈良公園の辺り。二百二十二年頃の話だ。

　伊香色謎は、姥津媛《ははつ》やその息子である彦坐王《ひこいますのみこ》が暮らす春日の宮殿に乗り込み、自ら皇后を称した。

　新天皇即位の祝辞を述べるため春日の宮殿を訪れた埴安媛《はにやす》は、伊香色謎の姿を見るなり、彼女を睨みつけた。

「天皇様が亡くなったばかりだというのに、息子の皇后を名乗るなど、恥を知りなさい！」

　伊香色謎は、平然と言い放つ。

「無礼な！　それが皇后に向かって言うことか！」

「無礼なのは、そなただ！　この恥知らず！」

　伊香色謎の命により、叫び続ける埴安媛は兵達に連れ出されて行く。

話を聞いた大日日天皇は、伊香色謎に問うた。

「それで、お前は平気なのか」

「平気です。私は皇后ですから」

彼は、苦笑する。元は従兄妹でもあり、彼女の気の強さは幼い頃から聞いていた。

ここまでくれば、見上げたものだ。

「まったく、お前は大した女だ」

「どう思われても、もう構いません。私は皇后として、次の天皇となる息子を産むのです。天皇様は、お勤めを果たしてください」

生まれたのは、玉のような皇子。けれども、天皇は言った。

「お前の目的は、私の息子を得ることだと言ったな。目的は達成された。もう春日にいる必要はないだろう」

伊香色謎は、唇を噛みしめる。もう泣かない。今度は、絶対泣かない。春日の宮殿で、彼女の肩を持つ者はいない。泣いたら、彼等を喜ばせるだけだ。

彼女は、息子を連れ、磯城の屋敷に帰った。この子は、大日日天皇の息子。次期天皇になる皇子。私には、この皇子がいる。なんとしても守り抜くのだ。

磯城の屋敷に、伊香色謎は由碁理を呼んだ。

「この磯城の地で、私の息子を天皇にする。卑弥呼殿の力を貸してください」

由碁理は、冷めた口調で答える。

「大日日天皇には、私の娘も嫁いでいます。先日は、ご自分が皇后になる話は、されなかった。また、私達を利用するのですか」

伊香色謎は、突然、由碁理を突き飛ばした。驚く由碁理にのしかかり、細く美しい指で、倒れた男の襟元をつかむ。

絶世の美女が、恨めしそうに見下ろす。

「お前も、私を嫌うのか」

「嫌ってはいません。あなたは、いつも唐突すぎる。そして自分勝手だ」

「唐突ではない。ずっと考えは変わらない」

「なんですか」

「私もお前も、饒速日殿《にぎはやひ》の血を引いている。高天原《たかまがはら》の天君《てんくん》たるべき血筋だ」

「遠い昔のこと。言い伝えに過ぎません」

「違う。私の家には、代々伝えられる証拠の品があった。そなたの家にも、あるであろう」

二枚の美しい鏡。息津鏡と辺津鏡。何も答えぬ由碁理の日を、伊香色謎は見据えている。

「我等は、臣下たる家の者ではない。天皇家を守り、皇后を出し、ともに歩んでいく家柄なのだ。そなたの家の世襲足媛《よそたらし》は皇后となり、私の伯母鬱色謎《うつしこめ》も皇后となった。私もそうだ。皇后となって、次の天皇の母となるのだ。何が唐突だ。何が自分勝手だ。おかしなことはしていない」

押さえつけられたまま、伊香色謎の視界の中で身動きもせず、由碁理は彼女の言葉を反芻《はんすう》している。そして、息を整え、由碁理は言った。

「では、伊香色謎様、私があなたと皇子様をお守りすれば、我が一族から次の皇后を出すことができるのですか。私の幼い妹、大海媛《おおしあま》を皇子様の皇后に迎えていただけるのですか。それならば、叔母が率いる邪馬台国を差し上げましょう」

　伊香色謎は、ようやく由碁理の上から降りた。由碁理は身体を起こし、乱れた衣服を整えながら、言った。

「大海媛を皇后にしていただければ、皇子様は、統一倭国の初代王。一《いち》王にして日《にち》王、イル王となるのです」

　彼女は、言った。

「わかった。由碁理、お前が頼りだ。私と皇子を守ってくれ」

　二人が並んで歩いていると、廊下で、武埴安彦を連れた埴安媛に行き会った。

　二人に気づいた埴安媛の顔が、かっと赤くなる。とりあえず整えられているが、乱れた形跡がある衣服、髪。微かに上気した二人の顔。ちらりと自分を見た伊香色謎の顔が、勝ち誇ってみえた。

　埴安媛は、幼い息子の手をしっかりと握る。悔しさで胸が張り裂けそうだ。この女は、皇后を名乗り、男にも不自由していない。自分は、再婚もできず、この息子も天皇にはなれない。これから二人で生きていくしかないというのに。

二つの都、春日と磯城。由碁理達は、どちらにつくべきか。

「大海媛を伊香色謎が産んだ皇子の皇后にしましょう。そのためならば、邪馬台国を渡しても惜しくない。実際に支配するのは、我々だから」

由碁理の言葉に、卑弥呼の兄の建多乎利《たけたおり》が奇妙な顔をする。

「そのように、伊香色謎を信用してよいものか」

「どういう意味ですか」

集まった一族が注目する中、建多乎利は言う。

「大彦殿にも、娘の御間城《みまき》姫を皇后にすると言ったらしい」

「何？」

「大彦殿は、大日日天皇の兄。その娘となれば、我等の大海媛より格上だ。いくら邪馬台国という持参金をつけても、必ず皇后になれるとは限らないのではないか」

男達は、一斉に考え込む。確かに、彼女は、自ら皇后になることも言わなかった。

「……どうするのだ」

重苦しい空気。

「どうしたらよいか……。こんな大切な問題、何故、卑弥呼は何もしない」

「彼女の力は、身内のためには使えないらしい」

苛立ちの声が聞こえる。

「役立たずめ！」

七　卑弥呼

月日は、流れる。

稚日本根子彦大日日《わかやまとねこひこおおひひ》天皇（第九代　開化《かいか》天皇）がいる春日《かすが》の率川宮《いざかわのみや》では、姥津《ははつ》媛が産んだ彦坐王《ひこいますのみこ》がすくすくと成長している。

磯城《しき》では、倭迹迹日百襲《やまとととひもそ》姫の祭祀場の人気が続いている。伊香色謎《いかがしこめ》の思惑は、半分はあたったが、半分ははずれた。卑弥呼は七十歳になろうとしている今も、年の半分は筑紫で過ごしている。邪馬台国の力は衰えていない。

それでも、伊香色謎は悲観はしていない。私は若い。邪馬台国は、卑弥呼が死んでから手に入れればよい。卑弥呼がいなくなれば、他の者では後継は務まるまい。逆に言えば、私でも、息子でも、後継者になれる可能性がある。借りを作るのは嫌だ。自らの力で邪馬台国を手に入れたい。息子である御間城入彦五十瓊殖《みまきいりびこいにえ》のために。

大彦の娘、御間城《みまき》姫も美しく成長している。皇太子の正妃を誰にするか、公表しなければならない日も近い。それは、由碁理《ゆごり》の妹である大海媛《おおしあま》が正妃にはなれぬと、由碁理達に知られる日でもある。

伊香色謎は、大彦親子に言った。

「御間城姫様が皇后になる日のため、逆らう者どもを抑えておきましょう。大彦殿には越《こし》の方を、武渟川別《たけぬなかわわけ》殿には東方を固めていただきたい」

武渟川別は、御間城姫の兄。大彦親子は、皇后となる御間城姫のために、兵を率いて出発する。

越へ向かう大彦が山背《やましろ》の平坂、和珥坂《わにのさか》の上に至ったときだった。一人の少女がいて、こう謡《うた》った。

御間城入彦《みまきいりびこ》はや、己が命を弑《し》せむと、窃《ぬす》まく知《し》らに、姫遊びすも。

（御間城入彦よ、命が狙われているのも知らず、若い娘を選んでいるの？）


「なぜ、そのようなことを言う！」

大彦が問うと、

「言っていない。ただ歌っただけ」

そう言って、少女の姿はかき消えた。


悪い予感がする。大彦は、急いで都へ引き返す。祭祀場を駆け抜ける兵達のただならぬ様子に、倭迹迹日百襲姫も駆け付け、届いたばかりの情報を伝える。

「大彦様、武埴安彦《たけはにやすひこ》の妻の吾田媛《あたひめ》が、天香山《あまのかぐやま》の土を取って持ち去るのを見た者がおります。おそらく謀反の証です」

武埴安彦は、前の天皇の息子。母親は、埴安媛だ。大彦の顔色が変わる。

「磐余彦《いわれびこ》天皇の故事に倣《なら》ったのだ。すぐに討たねば！」

天香山の土を取るのは、倭を支配する祈願のため。十代の御間城入彦は全身を強張らせ、その傍に立つ伊香色謎が叫ぶ。

「将軍達を呼べ！」

すぐさま駆け付けた将軍達から、さらに新しい情報が入る。

「奴等は、二手に分かれています。武埴安彦は北の山背《やましろ》から、妻の吾田媛は、西の大坂から都へ向かっています！」

伊香色謎は、険しい顔で采配を振る。

「大彦殿と彦国葺《ひこくにぶく》殿は、山背へ向かってください！　吉備津彦殿は大坂へ行き、吾田媛を討て！」

彦国葺は、姥津《ははつ》彦の息子で、和爾《わに》彦押人の孫にあたる。彼は、坂の上に甕《かめ》を埋めて勝利を祈願し、ただちに平城《なら》山へと向かう。そして平城山を越えたところで、木津川を挟んで武埴安彦軍と対峙した。

武埴安彦が問いかける。

「なぜ、兵を率いて来た」

「逆賊を討つよう、命を受けた！」

「私は、前の天皇の皇子。逆賊ではない！」

「では、神の声を聞け！　矢を射てみよ」

武埴安彦が放った矢は、彦国葺には当たらず。続いて彦国葺が放った矢は、武埴安彦の胸を貫いた。怯えて逃げ始めた軍勢を、大彦達の兵が追う。

半数以上の者の首が斬られ、河原は死体で埋まった。糞を漏らしながら逃げる者、額を地面にこすりつけて許しを請う者。川面には、武埴安彦の兵達の遺骸が鵜《う》のように浮いている。

大坂へ向かった吉備津彦も、吾田媛を殺し、その軍を打ち破った。

卑弥呼の兄建多乎利《たけたおり》の息子櫂子《かじこ》は、大彦に従っている。その櫂子から一連の出来事の詳細を聞き、由碁理や一族の者達は、対応を協議せざるを得ない。

「大彦殿の活躍で、我等の影は薄くなっている。大日日天皇の妃、姥津媛殿の甥の彦国葺も、倭迹迹日百襲姫も、その兄の吉備津彦殿も皆、伊香色謎の味方だ」

一体、どうすればよいのか。気持ちは焦るばかりだ。

「由碁理、我等のために祈願するよう、卑弥呼に伝えよ」

由碁理は、ゆっくりと首を横に振る。

「そのようなことはしないと言われました」

「まったく、肝心の時には役に立たない」

苛々と、男達が言う。

「卑弥呼が動かないなら、我等が邪馬台国を使う」

「しかし、どうやって……」

伯父達は、一斉に由碁理を見る。皆、歳をとったが、衰えてはいない。

「なんでしょう」

由碁理の問いに、口々に答える。

「お前が、うまくやれ」

「卑弥呼をお前の屋敷に引き止めよ」

「その間に、我等が動く」

葛城に戻った卑弥呼に、由碁理は告げる。

「叔母上、命を狙っている者がいるそうです。危険です。屋敷から出ないでくださ
い」

叔母の目には、疑問が浮かんでいる。真実を見抜く彼女に、こんな見え透いた嘘が通用するのか。それでも、由碁理は、表情を変えずに続ける。

「外とのやり取りは、私が行います。叔母上は、当分ここから出ないでください」

「わかった」

卑弥呼は、甥の後ろ姿を見送る。

「生まれ変わり」と言われながら、天足彦様の後ろ姿とは、まったく似ていない。亡くなった宇那比姫は、天女のように美しかったそうだ。私は違う。天足彦様も人目を引く美しい方だった。さっそうと歩き、華やかだった。由碁理と私は、生まれ変わ

りだとしたら、あの世に何かを置いてきてしまったのだ。

まあ、いい。人前に出るのが好きなわけではない。

夕刻には、扉が開き、由碁理が入ってきた。手には、食事を載せた盆を持っている。

「お前がそこまでしなくても」

「叔母上の食事の安全は私が守ります」

由碁理は、叔母の目を見つめる。

「終わったら、声をかけてください」

そのような日々が、ずっと続く。誰も、卑弥呼と直接会うことはできなくなった。

そもそも、都の人々の多くは、卑弥呼の顔も知らない。彼等が知っているのは、倭迹迹日百襲姫だ。


卑弥呼の不在が長引くにつれ、筑紫では新たな状況が生まれようとしている。

卑弥呼はもう死んでいる、という噂が流れる。あるいは、卑弥呼が邪馬台国を売り飛ばした、との噂も。人々の不安が増すにつれ、狗奴国の影響力が増していく。

卑弥呼を宇佐に呼んだ伊香津臣《いかつおみ》には、三人の息子がいた。梨迹臣《なしとみ》と伊世理《いせり》、臣知人《おみしるひと》である。

梨迹臣は、思い切って、葛城の由碁理の屋敷を訪ねた。

「ああよかった！　生きておられた！」

卑弥呼の顔を見るなり、彼は喜びの声を上げる。当の卑弥呼は、淡々としたものだ。

「どうした」

「卑弥呼様が、もう亡くなっていると、噂が流れています」

「まだ生きている」

梨迹臣は、泣き笑いしている。

「そうです。亡くなるはずがない」

「一度、筑紫にお帰りください。卑弥呼様のお姿を、もう誰も随分長く見ていない。どうか、皆の前に、その元気なお姿を見せてください」

「そうだな。少し待て」

卑弥呼が荷物をまとめていると、扉が開いた。由碁理だ。

「叔母上、何をされているのですか」

「ちょっと筑紫へ帰ってくる」

「なりません」

梨津臣が、由碁理に詰め寄る。

「由碁理殿、何故だ！」

「叔母上は、命を狙われている。外に出すことはできない」

「姿を見せていただくだけでよいのだ。無理なら、『卑弥呼の弟』のそなたでもよい。筑紫に来てくれ」

「そうだ、由碁理。私は大丈夫だ」

言い募る二人を、由碁理は片手をあげて遮った。

「梨迹臣殿、簡単な話ではないのだ。機を見て、こちらから連絡する。今日のところはお帰りください」

「しかし……」

「必ず連絡する。しばし、待っていて欲しい」

「必ずですよ」

そう念を押し、ようやく梨迹臣は引き下がる。

帰っていく梨迹臣に続いて部屋を出た由碁理は、暗がりに立つ人影に気づき、はっとした。廊下に立っているのは、大日日天皇だ。彼が何故、私の屋敷に？

「今のは、筑紫にいる梨迹臣ではないのか」

立ち去る男の後姿を横目で追いながら、大日日が言う。切れ長の美しい目だ。

「邪馬台国の人間がお前の屋敷に入ったと聞き、見に来たのだ。卑弥呼の後継者、『卑弥呼の弟』は、お前だったか」

由碁理の手の平に冷たい汗がにじむ。

「それは、昔のこと。私の本拠地は、丹波です。筑紫ではありません」

大日日は、笑った。

「こざかしい男だ。自分の娘を差し出したのも、私を春日へ誘ったのも、すべて計算づくか？　欲しいのは、私か？　それとも、伊香色謎《いかがしこめ》が産んだ、御間城入彦《みまきいりびこ》か？」

何も答えない由碁理に、大日日は続ける。

「そうだ、お前、一つ教えてやろう。私は、新しい妃を得た。葛城の大諸見《おおもろみ》の娘、鷲《わし》媛。お前の妻、諸見己《もろみこ》媛の妹だ。葛城の血筋も私のものだ。勝手は許さぬ。覚えておけ」

二百三十八年。

由碁理の屋敷へ、筑紫から再び使者が来た。狗奴国の勢いが止められないと言う。

彼等は、懇願する。

「卑弥呼様、お戻りください。戻られないのなら、魏に使いを出してください。梨迹臣様は行く覚悟です。魏のお墨付きをもらいましょう。かつて、倭奴国が漢に朝貢したように」

彼等の勢いに押され、卑弥呼は頷く。

「わかった。そうしよう」

その噂は、すぐに大日日天皇の耳にも入った。

「卑弥呼が魏に朝貢するそうではないか」

「お耳に入りましたか。申し訳ありません。必ず止めます。少しお待ちください」

由碁理の言葉に、大日日天皇は笑い出す。

「何故、止める？」

「魏への朝貢は、我等の神国が魏の支配下にあると公言するようなもの。筑紫ならいざしらず、この大倭として行うわけにはいきません」

「そなたは、頭が固いな。昔からそうだ」

意外な言葉に、由碁理は天皇の目を見る。真意は、どこにあるのか。懸命に頭を働かせる。そんな彼を見ながら、大日日は薄く笑いを浮かべた。

「よいではないか。どうせ、梨迹臣が行くのであろう。そなたも、行ってまいれ」

由碁理の額に汗が浮かぶ。

「天皇様、私は、もう若くありません」

「それがどうした。天皇の命に逆らうのか。梨迹臣の動向を監視し、忠義の証を見せてみよ」

大日日の策略だ。彼が考えそうなことだ。笑顔で背中を押して、梯子《はしご》を登らせ、登り切ったところで外す。

由碁理は、大日日の顔を見る。天皇は、本気だ。

仕方がない。行くしかない。生きて帰れれば、とりあえず忠臣の仲間入り。死ねば、それまで。それが私の運というだけ。

翌二百三十九年、六月。

梨迹臣を代表とし、急遽同行が決まった由碁理を次使とし、魏へ朝貢するための一団は、筑紫の港を出た。

この海を渡るのは、由碁理は初めてだ。湾を出れば、丹波の海によく似た光景が広がる。

壱岐から対馬を経て、加羅に至る。

「我等の祖先は、この海を渡って来たのか」

「由碁理様、そうです」

梨迹臣が言う。

「由碁理様の御先祖は、この国の天君でした。倭人の長として、天下を治める役割を担っていたのです。私の祖先も、この地から来ました」

港に停泊しながら、朝鮮半島の西側を北上する。この頃、魏は、朝鮮半島中部の西海岸に、帯方郡を置いていた。後にソウルと言われるあたりだ。

そして、帯方郡の大守に、魏の皇帝への拝謁を願い出る。大守の名は、劉夏。劉夏は、官吏を遣わし、一行を魏の都まで送り届けた。

玉座の前で畏まる一行。物珍しそうに見下ろしていた皇帝が、声を掛ける。

「卑弥呼とやらは、何人位侍女を使っている」

どう答えようかと梨迹臣が思案していると、背後から声がした。

「千人でございます」

ほぉ、と感嘆の声。

梨迹臣は、慌てて背後を振り返る。答えた由碁理は平然とした顔をしている。

「優れた巫女だというが、どのような術を使うのだ」

梨迹臣は再び躊躇する。卑弥呼は、本当は何も道具を使わない。

「太占《ふとまに》でございます」

落ち着いた、由碁理の声。続いて言葉を添える。

「鏡も掲げます。美しい鏡です」

神妙に答える彼の脳裏には、二枚の美しい鏡が浮かんでいる。丹波に伝わる、息津《おきつ》鏡、辺津《へつ》鏡。饒速日《にぎはやひ》の子孫である証。高天原《たかまがはら》の天君であった証。


その年の十二月、魏の皇帝は、詔書を出した。その概要は、以下のようなものだ。

「親魏倭王、卑弥呼に告ぐ。帯方郡の太守劉夏は、使いを遣わし、汝の大夫である難升米《なしめ》と、次使の都市牛利《としごり》を送り、汝が献上した男奴隷四人と女奴隷六人、布二匹二丈を奉った。遥か遠い所から朝貢した汝の忠孝を、甚だ感じ入った。よって、汝を親魏倭王とし、金印紫綬を与えることとし、太守より届ける。また、難升米《なしめ》を率善中郎将とし、牛利《ごり》を率善校尉とし、銀印青綬を与えることとする。難升米と牛利には、多くの宝物を託すゆえ、国中の人々に示し、魏の皇帝が汝を思っていることを知らせよ。

そのために、汝の好物を賜うなり」

難升米は梨迹臣。牛利《ごり》は由碁理。


翌二百四十年、魏の太守は、詔書と印綬を持ち、倭国へ渡り、刀や鏡等を渡した。

卑弥呼は、感謝の書状を託す。

これで、魏のお墨付きをもらった。今後、邪馬台国への攻撃は、魏に対する反逆と見なされる。

「卑弥弓呼《ひみくこ》王様、攻撃は少しお待ちください」

狗奴国の男王卑弥弓呼は、怒りに震えている。卑弥呼が国を売ったという噂を流したのに、国のために魏へ使いを送ったとあっては、すべてが台無しだ。

彼は、言った。

「本当にむかつく奴等だ！」

二百四十三年、筑紫の邪馬台国は、また使いを派遣する。今回行ったのは、梨迹臣の弟である伊世理《いせり》ら八人。奴隷、布、丹、弓矢等を持参し、率善中郎将の印綬を授与される。

二百四十五年には、難升米《なしめ》に黄幢《こうどう》を賜った。黄幢とは、皇帝のお墨付きを表す黄色ののぼり旗である。


磯城の宮殿に呼び出されて由碁理が出向くと、そこには、伊香色謎とその弟の伊香色男、皇太子の御間城入彦五十瓊殖尊、そして、稚日本根子彦大日日天皇がいた。

「驚いているようだな」

そう言ったのは、大日日天皇。由碁理はただ頭を下げる。その頭の中は今、激しく混乱している。春日にいるはずの天皇が、皇后とは不仲なはずの天皇が、何故、磯城の宮殿で皇后達と一緒にいるのだ。

そんな彼の様子に、伊香色謎は、うっすらと笑みを浮かべた。

「由碁理、私に邪馬台国を捧げる話はどうなった」

全身に冷たい汗がにじみ出る。大臣となった伊香色男が続ける。

「筑紫の梨迹臣は、卑弥呼の名で魏と交渉している。邪馬台国を続けるつもりだ。お前は、何をしている」

「私と皇后にいい顔を見せ、結局は天皇家を裏切るのか」

天皇の言葉に、由碁理は顔を上げる。

「決して、そのようなことはありません。今は、逆らう狗奴国への対処にてこずっているだけです」

そして、弁解の言葉は勝手に展開し始める。

「天皇様、皇后様、伊香色男大臣殿、物部の兵士を筑紫に差し向けていただきたい。狗奴国を討つのです。狗奴国さえ倒せば、邪馬台国は逆らわない」

皇后は、言った。

「我等の兵は、すでに筑紫に多く入っている。追加の兵も準備させよう。邪馬台国は、この皇太子《ひつぎのみこ》のものだ。忘れるな」

二百四十七年、

筑紫の梨迹臣と伊世理が、由碁理の屋敷にいる卑弥呼を訪ねてきた。

「卑弥呼様！」

彼女の顔を見るなり、二人は駆け寄る。

「どうした」

「お助けください。狗奴国が攻めてきます」

「魏は、どうした」

「詔書と黄幢《こうどう》は賜りました」

「援軍は？」

「来ません！　檄文《げきぶん》が届いただけです！」

魏の皇帝をとりまく状況も厳しくなっている。遠い地の内輪もめに巻き込まれて、兵や資産を浪費する余裕はない。

二人は、口々に懇願する。

「我々だけでは、もう無理です。今度こそ、お帰りください」

「お姿を、皆に見せてください」

彼女は、立ち上がった。歳はとっても、その動きは俊敏だ。

「わかった」

急ぎ支度を調え、出ようとしたところで、由碁理と行き会う。

彼の後方には、伊香色男大臣。その後ろには、数名の将軍達が続く。狗奴国侵攻の情報が入り、その対応を協議していたところだ。

「どこへ行かれる」

「筑紫に帰る」

「なりません」

「すぐ戻る」

押問答をする二人。卑弥呼の後ろから、梨迹臣が口をはさむ。

「由碁理殿、卑弥呼様が戻れば安泰なのだ。何故、止める」

由碁理は、言った。

「いつまでも叔母上を頼るな。叔母上が亡くなったら、どうするつもりだ」

おろおろと、伊世理が言う。

「だが、このままでは、狗奴国にのみこまれる」

「狗奴国のことは考えてある……」

「狗奴国など、我等が倒す！」

由碁理の背後から、若い男の声が飛び込む。他に誰かいたことに梨迹臣達は初めて気づいた。

将軍達を従えた伊香色男が、由碁理を押しのけ前に出ると、厳しい声で問うた。

「この天神の子孫が治める国を、魏の属国にするおつもりか」

「そのようなことは……」

口ごもる二人。伊香色男は声を荒げる。

「我等は、漢や魏よりずっと長い歴史を持つ。興亡を繰りかえす国の家来になど、ならぬ！」

逃げ腰になる、梨迹臣と伊世理。いかつい将軍達が、二人を囲む。間に入ろうとする、卑弥呼。由碁理は、彼女の腕を取り、自分の方へと引き戻す。

「叔母上、早く、こちらへ」

卑弥呼は肩を抱かれ、そのまま屋敷の奥へと連れて行かれる。

残された梨迹臣と伊世理の前には、皇后伊香色謎が姿を表した。生身の女性とは思えぬ程の美しい威厳に、二人はただ圧倒されている。

「梨迹臣殿、久しぶりだな」

「こ、皇后様……」

梨迹臣達の祖母は、皇后の曽祖父である川枯彦の妹だ。皇后は、冷たい目で二人を見据え、口元だけでうっすらと笑みを浮かべる。

「そなた、邪馬台国とやらの王にでもなるつもりか」

「と、とんでもありません」

梨迹臣は声が震え、そう答えるのが精一杯だ。

「倭国の大王は、皇孫《すめみま》である天皇であろう」

梨迹臣は、言葉も出ない。

「梨迹臣、違うか！」

兄に代わり、伊世理が慌てて答える。

「その通りです！」

そして、兄の身体を引き下ろし、二人して床に額をこすりつける。その上に、皇后の毅然とした声が響き渡る。

「お前達、天孫に仕える身であることを、二度と忘れるな！」

二人は、ただ這いつくばるしかない。


屋敷の奥には、小さな隠し部屋ができていた。

一体いつ作られたのだろう。そう思う間もなく、部屋の中へと背中を押され、その後ろで扉が閉められた。格子窓がついた、分厚い木の扉。卑弥呼が振り向くと、かちゃんと音がした。鍵がかけられたのだ。

格子窓越しに目で尋ねる叔母に、由碁理は答えた。

「しばらくここにいてください。叔母上の身を守るためです」

卑弥呼は、自分の身体を両手でこする。

「寒い……」

小さな高窓が一つだけある、隠し部屋。

「寒い……」

咳が出る。

「梨迹臣、伊世理……」

そう呟いて、扉の外の由碁理に気づき、卑弥呼は言う。

「邪馬台国を頼む」

「叔母上、邪馬台国など、存在しません。すべて倭の国。大倭です。治めるのは、初代統一王となる御間城入彦五十瓊殖《みまきいりびこいにえ》様。心配なさるな。狗奴国など、大倭が滅ぼします」

そうだ。すでに手配は終わった。

「今度こそ、天神が治める国をつくるのです」

返事がない。いつも、年齢より若く見えていた卑弥呼。今、格子窓越しに見る彼女の顔はやつれ、老いた姿をさらしている。

由碁理は、ふと尋ねた。

「私を恨みますか、叔母上」

返事を待たず、言葉を重ねる。

「どう思われても良い。呪いをかけられても。私の夢は、一つにまとまった強い倭国を作ることだ。その夢が叶うならば、命など惜しくない」

一瞬、間があった。

「呪いなど、かけぬ」

彼女は、静かに言った。

「かけぬし、私にそんな力はない」

「ご謙遜を」

本当だ。と、卑弥呼は思う。自分の好きに使える能力などない。力が与えられるのは、神が望まれたときだけ。自分のために使える力ではないし、使おうと思ったこともない。

毎日、食事が運ばれ、下げられる。日に一度は、由碁理も顔を出す。卑弥呼は何も語らず、ただ、いつもうとうと眠っている。

幽閉されて、どのくらいたつだろう。生きているのか、死んでいるのか、今ではもう自分でもよくわからない。

そんな日々が十日程続いただろうか。ある日、扉を開けた由碁理は驚き、思わず一歩後ずさった。卑弥呼が上体を起こして、こちらを見ている。そんな力が、まだあったのか。

そして、きょとんとした顔で、由碁理に尋ねた。

「ほんと？」

「何ですか」

「ほんと？」

「何が本当なんですか」

幼い子供のような顔。不思議そうに小首をかしげている。

「もう行きますよ」

立ち去りかけた由碁理の背中に、彼女が声をかけた。

「あめたら…」

由碁理が振り向く。

「あめ、たら?」

苛立ちながら、由碁理が問い返す。

「雨がどうしたのですか」

卑弥呼は何も言わない。ただ、甥の顔を見つめている。

由碁理は首を振り、肩をすくめて、その場を立ち去った。


その翌朝のことだ。

「亡くなっています!」

二百四十七年、卑弥呼死す。

こけていた頬は、元に戻っていた。ふっくらと、眠っているかのような顔。最後に問うた時のように、何の苦しみも悩みもない、遊び疲れて眠る幼い子供のような顔。

彼女のことは、誰にも言わない。なかったことにする。ずっと話題にしなければ、そのうち、なかったことになる。世代が変われば、皆、忘れる。

偉大な女王、偉大な巫女王。

けれど、表には出さない。ずっと陰にいてもらう。それが、饒速日の子孫、高天原の天君を継ぐべきであった、尾張一族の誓い。天皇家との約束。

「由碁理様！」

卑弥呼を知る者達、卑弥呼を慕う者達の悲鳴が響き渡る。

「卑弥呼を信仰する者は、卑弥呼のために死ね！」

泣き叫ぶ声。

「一緒にこの世を旅立つのだ。本望だろう」

血まみれになった者達が叫ぶ。

「由碁理様！」

卑弥呼を慕う者達は、皆殺され、埋められた。殉死という形で。その数は、百人に上った。やがて、人々は、「卑弥呼」という名を口にしなくなった。

彼女がいなくても、生きていける。世の中は回る。自らの命をかけてまで、口にしたいわけではない。

「本当に、お前は冷たい人間だな」

大日日に言われるとは。

「それほどでも」

「実の叔母だろう。随分可愛がってもらったそうではないか」

由碁理は、丁重に頭を下げる。

「過去のことは忘れました」

「もっと多くの殉葬をした方がよいのではないか」

皇后伊香色謎の弟、伊香色男大臣が由碁理に言う。その声は少し震えている。姉ほどの度胸は、ないらしい。

「もう十分でしょう」

「あれほどの力を持っていたのだ。化けて出たら、どうする。我等を恨んで、世の中に復讐するかもしれぬではないか！」

由碁理は、苦笑した。

「そのようなことは、ありません」

「何故、そのようなことが言える。相手は、あの卑弥呼だぞ！」

「あの人は、そのようなことはしない」

そして、心の中で言う。

「人を恨んだり、悪を望んだりはしない」

唇から出たのは、別の答えだ。

「わかりました。我等一族の力で彼女の力を封印しましょう。このことは、決して口外しません。ただし、我が一族を裏切られたときには、封印を解きます」

伊香色男は、頷く。
「わかった」

屋敷に戻った由碁理は、密かに指示を出す。
「系図を残せ。万が一、天孫に裏切られたときの備えだ。だが、密かに行え。誰にも知られるな。書き残していることすら知られるな。一子相伝とせよ」

こんな、天孫を脅すようなこと、彼女ならしない。けれど、これが現実だ、我々も生き残らなければならない。我等こそ、高天原の天君を継ぐべき者だったのだ。もう遠い昔の話になってしまったが。一族を守り、祖先の思いを伝えるのだ。
理想だけでは、生きられない。たとえ、百年に満たない人生であっても。それが、我等凡人の人生だ。

由碁理は、屋敷の奥の部屋へと進む。卑弥呼が亡くなった部屋の隣、祭壇がある部屋だ。その祭壇から、白い布で覆われた木箱を下ろし、久しぶりに蓋を開ける。一族に伝わる美しい鏡、息津鏡《おきつ》と辺津鏡《へつ》。鼻腔の奥に、ふと、海の香が蘇った。

船を漕ぐ、入墨をした男達。岩場から潜り、栄螺《さざえ》や鮑《あわび》を手にして上がってくる人々。日に焼けた肌。まっすぐに切りそろえられた前髪。質素で清潔な衣服を身に着け、裸足で過ごす、素朴な民達。慎ましく穏やかな人々の、明るい笑い声。

由碁理は、鏡を手に取る。多くの人々が、卑弥呼の言葉を聞きに来た。多くの国々が争いをやめ、一つにまとまっていった。もう少しだったのだ。饒速日の血を引く我等の国。天神族が率いる、海人族の国、新しい倭国、邪馬台国。

仕方がない。すべては夢だった。理想の国など、どこにも存在しない。権力争いから逃れることなどできない。民達を戦に巻き込まなくてよかったと思うしかない。

それに、結局は、うまくいったのだ。天皇家は、我等一族を粗末には扱えなくなった。大海媛は、皇后にはなれずとも、統一倭国の天皇の妃になるだろう。そして、我等は天皇家とともに生きていく。天皇家が続く限り、永遠に。

何もかもうまくいった。なのに、何故寂しい気持ちになるのか。

「よしごり」

ふと、叔母の声が聞こえた。愛想の欠片もない、懐かしい声が。

「よしごり」

由碁理は外に出て、星空を見上げる。

幼い頃、星座の名前を教えてくれた、叔母、卑弥呼。

「あれが、三ツ星。カラスキ」

冬の南の空に並ぶ三ツ星を指し示す。

不意に涙が溢れた。なぜ、泣く。泣いて、どうなる。泣いたところで、罪は消えない。

罪？　何の罪？　柄でもない。この冷血漢の私が。

彼女は、私の罪など気にしていない。自分の夢を実現するため、彼女の力を最大限に利用してきたことも。「卑弥呼の弟」と呼ばれながら、結局は、邪馬台国の存在自体を歴史から消し去ろうとしていることも。彼女は、気にしない。そういう人だ。

　そんな小さなこと、と笑うだろう。国が一つにまとまった。良かったではないか、と。

　そして、彼女の名前は、我々の誰よりも、人々の心に残る。我等が、すべての記録を消しても。墓のありかさえ秘めても。今この時代に生きる権力者達の名前がすべて忘れ去られても。彼女の名前だけは、いつまでも人々の心から離れない。千年の歳月が過ぎても。


　何故だろう。そんな気がする。

鳥を「とと」と読むことについて

1.「巫鳥これをば『しとと』という」は、『日本書紀』天武天皇紀9年3月にあります。
2.「しとと」という言葉は、『古事記』では、天皇の命を受けた大久米が伊須氣余理比賣（媛蹈鞴五十鈴媛）に会ったときにも使われています。

その他

1.「彌烏邪馬国」は、『三国志』「韓」の中に、「弁辰彌烏邪馬國」とあります。
2.「弁辰彌烏邪馬國」、大加羅、高霊を同じ場所とするのは、『三国史記』（平凡社・東洋文庫）第3巻掲載の地図によります。
3. 難升米が梨津臣、牛利が由碁理であるとの説は、音の類似によるもので、多く見受けられます。
4. 2005年10月に市町村合併で消滅した山口県吉敷郡阿知須町の町名「アジス」は、味鴨に由来するとされていました。
5. 神魂→鴨、磯城→鴫→トヨセ、吾子→アゴ→鰐→和爾　は、著者の連想です。

参考文献等

『日本書紀』『古事記』『先代旧事本紀』『勘注系図』『風土記』『諸系譜』『三国史記』『三国遺事』『後漢書』『魏志』『三国志』『旧唐書』その他　多くの著作や記事、神社や博物館の展示、遺跡の発掘記録等を参考にしています。

人物名について

1．人名や親族関係は、基本的に『日本書紀』によります。
2．複数名がある場合には、読みやすさを考慮して選択しました。
3．長い名前は、読みやすさを考慮し、一部省略表記しています。

卑弥呼をめぐる家系について

1．卑弥呼が他の史料の誰にあたるかについては、宇那比姫説、倭迹迹日百襲姫説など諸説あります。
2．天村雲から卑弥呼にかけての家系は、『日本書紀』には記載されていません。
3．『古事記』には、開化天皇の妃の一人として、「丹波の大縣主、名は由碁理の娘、竹野比賣」という記述があります。
4．『先代旧事本紀』では、伊加里姫の系統は記載されず、「六世孫」として、建田背、建宇那比、建多乎利、建彌阿久良、建麻利尼、建手和邇という男性名が並び、彼等の妹として、宇那比姫の名前があります。
5．『勘注系図』では、「六世孫」の段に、建登米の子として、建田小利と妹の葛木高田姫が記載され、笠津彦の子として、建田勢の名が記載されています。また、建田小利の横に、宇那比姫の名があり、「亦名天造日女命」等の記述があります。
6．剣根が玉依彦の息子であることや、剣根と天村雲の子孫の婚姻関係は、『諸系譜』第11冊にある「難波田使首」によります。

出石心大臣と伊香津臣の親族関係について

1．出石心大臣と伊香津臣、菟狭津媛、梨迹臣達の親族関係については、『諸系譜』第１冊にある天津彦根を祖とする系図、および、『諸系譜』第３冊にある天児屋根を祖とする系図によります。
2．『先代旧事本紀』では、川枯媛は、彦湯支の妻であり、出石心大臣の母親。大禰は、彦湯支と阿野姫の息子になっています。

著者プロフィール

阿上 万寿子（あがみ ますこ）

1959年生まれ
福岡県出身
九州大学法学部　卒業
奈良大学通信教育部　文学部文化財歴史学科　卒業
山口県在住

既刊書
『イザナギ・イザナミ　倭の国から日本へ 1』（2017年　文芸社）
『スサノオ　倭の国から日本へ 2』（2018年　文芸社）
『大国主と国譲り　倭の国から日本へ 3』（2018年　文芸社）
『天孫降臨の時代　倭の国から日本へ 4』（2018年　文芸社）
『神武東征　倭の国から日本へ 5』（2019年　文芸社）

卑弥呼　倭の国から日本へ　6

2019年 9 月15日　初版第 1 刷発行

著　者　阿上 万寿子
発行者　瓜谷 綱延
発行所　株式会社文芸社
〒160-0022　東京都新宿区新宿1－10－1
電話　03-5369-3060（代表）
03-5369-2299（販売）

印刷所　株式会社エーヴィスシステムズ

ISBN978-4-286-20550-2